Los cuentos de Lesbos

Editorial Bambú es un sello
de Editorial Casals, SA

Título original: *Els contes de Lesbos*

© 2023, Àngel Burgas, por el texto
© 2023, Ignasi Blanch, por las ilustraciones
© 2024, Palmira Feixas, por la traducción
© 2024, Editorial Casals, SA, por esta edición
Casp, 79 – 08013 Barcelona
editorialbambu.com
bambulector.com

Diseño de la colección: Estudi Miquel Puig
Primera edición: febrero de 2024
ISBN: 978-84-8343-947-0
Depósito legal: B-269-2024
Printed in Spain
Impreso en Índice, SL
Calle D, 36 Sector C, 08040 Barcelona

La traducción de esta obra ha recibido una ayuda
del Ministerio de Cultura y Deporte, a través de la
Dirección General del Libro, del Cómic y de la Lectura

Lectura infinita
#pactoporlalectura

El papel utilizado para la impresión de este libro
procede de bosques gestionados de manera sostenible.

Cualquier forma de reproducción, distribución,
comunicación pública o transformación de esta
obra solo puede ser realizada con la autorización de sus titulares, salvo excepción prevista
por la ley. Diríjase a CEDRO (Centro Español de
Derechos Reprográficos, www.cedro.org) si necesita fotocopiar o escanear algún fragmento de
esta obra (www.conlicencia.com; 91 702 19 70 /
/ 93 272 04 45).

Los cuentos de Lesbos
Àngel Burgas

Ilustraciones
de Ignasi Blanch

Traducción de Palmira Feixas

*Para Josep Sementé,
que tantas veces me ha acompañado
y me ha animado a inventarme historias como esta.*

«Esa era nuestra vida y no había nada que hacer, no podíamos hacer nada excepto contarnos cuentos, y contárselos a los demás para hacer habitable aquel desierto devastado hasta el subsuelo, la pena negra en la que nos había tocado vivir y en la que no podíamos permitirnos el lujo de pensar que mejor habría sido morirse, mientras tuviéramos un cuerpo capaz de sentir hambre y sed, de acusar el frío, el calor, de reclamar el sueño».

ALMUDENA GRANDES
Inés y la alegría

El niño ya estaba muerto cuando lo encontraron.

Mila los obligó a detenerse antes de señalar con el brazo el lugar donde yacía. Estaba tumbado encima de una roca, encogido de tal manera que, desde donde se hallaban, al principio pensaron que se trataba de una pelota y, después, de un amasijo de ropa.

El viento soplaba con fuerza y les silbaba en los oídos mientras se dirigían hacia el lugar donde estaba el bulto que había descubierto Mila. Al acercarse, descubrieron que se trataba de un cuerpo. El cuerpo de un niño. Un niño muerto.

A ninguno de ellos lo espeluznó el hallazgo. Era un niño muerto, sí, pero todos habían visto ya más de uno. Iba vestido con ropa vieja y sucia (como la que llevaban ellos) y mal calzado (como la mayoría). Hamir le dio una patada suave, para ver si reaccionaba (no reaccionó), y después empujó el cuerpo con el mismo pie para darle la vuelta y verle la cara.

No conocían a aquel niño. Ninguno lo había visto antes. Debía de tener ocho o nueve años, y su piel era bastante oscura.

Sabían que tres días antes había llegado un grupo procedente de Siria; aquel niño muerto podía formar parte de él.

Con un gesto, Mila impidió que Hamir siguiera moviendo el cadáver.

–¡Ya basta! –lo regañó.

–¿Y ahora qué hacemos? –preguntó Castaña.

Mila dijo que nada. Les contó que a los muertos no había que tocarlos. Todos se arrodillaron alrededor del cuerpo, como Mila. Con manos expertas y sin toquetearlo demasiado, ella misma se encargó de comprobar que no llevara nada de valor en los bolsillos de los pantalones.

–Está más pelado que una rata –sentenció.

El viento les revolvía el pelo, especialmente a las niñas, que lo llevaban largo y enmarañado. Si alguien los hubiera visto en aquella situación, tal vez habría pensado que rezaban junto al muerto.

–Dejémoslo tal y como está –sugirió Landro–. Como anunciemos que lo hemos encontrado, se van a pensar que nos lo hemos cargado nosotros.

–No. No podemos dejarlo así –replicó Mila con rotundidad–. A los muertos hay que enterrarlos, y no voy a permitir que se lo coman las aves carroñeras.

–¿Quieres que lo enterremos?

–No. Nosotros no. Debe encargarse su familia.

Nadie sabía quién era su familia.

–Hace poco que murió. Si hiciera unos cuantos días, estaría descompuesto y la peste sería insoportable. Su familia tiene que estar cerca.

Hizo una pausa muy larga, durante la cual todos guardaron silencio, porque intuían que Mila quería decir algo más.

–Debemos encontrar a esa familia. Suponiendo que exista, claro.

Los demás se quedaron perplejos, sin saber qué decir. Mila siempre tenía razón. Siempre le hacían caso. Jamás se equivocaba, confiaban plenamente en ella. Pero lo que acababa de decir no tenía ni pies ni cabeza.

–¿Ahora? ¿Debemos encontrar a la familia del niño muerto ahora? –preguntó Hamir enfurruñado–. Acabamos de escaparnos del campamento sin decir nada a nadie y ¿pretendes que volvamos para encontrar a la familia del niño muerto? ¿Qué más da?, si nosotros...

Mila, arrodillada y observando al niño, lo interrumpió con un grito.

–¡No podemos marcharnos sin asegurarnos de que lo entierren como es debido! Nos dará mala suerte. El espíritu del niño se vengará de nosotros. A mí también me da rabia, pero tenemos que posponer nuestro plan.

–¡No te creo! –replicó Hamir a gritos–. ¡Lo que pasa es que no quieres venir con nosotros porque te molesta que no haya venido Safyeh! ¡Si ella estuviera aquí, no te importaría abandonar a este niño muerto!

Mila no refutó las palabras de Hamir. Se puso de pie enseguida y empezó a caminar en dirección al campamento que acababan de abandonar. No contestó ni a uno solo de los reproches que le hacían sus amigos.

Mientras la veían alejarse, Hamir intentó convencer a los demás de que Mila se equivocaba, de que no tenía razón y de que en aquella ocasión no debían obedecerla. Insistió en que actuaba así porque le dolía la ausencia de Safyeh y argumentó que el objetivo de su pandilla era más importante que aquel cuerpo, que ya estaba muerto, y que no era problema suyo si lo enterraban o no. Hamir exponía sus ideas a gritos para hacerse oír pese al silbido del viento, mezclando el inglés con su lengua materna, y los otros lo escuchaban sin moverse, sin entenderlo, vacilantes, decepcionados e inquietos. De vez en cuando miraban a Mila, que se alejaba y se iba empequeñeciendo a lo lejos.

Nadie dijo nada. Hamir era el único que insistía con sus gritos y su rabia. Después, las niñas se miraron y echaron a andar detrás de Mila, hacia el campamento. La última fue Sadira. Los niños tardaron un poco más, pero acabaron siguiéndolas. Oían los gritos y los ruegos de Hamir, que les anunciaba que él no iba a regresar, que iba a continuar solo; les decía que eran unos cagados, unos cobardes, unos idiotas. Era como si, a cada paso que daban, el viento indómito devorara sus palabras. Él debía de gritar más fuerte, al darse cuenta de que nadie lo apoyaba, pero los demás, los vencidos imbéciles, cada vez lo oían menos, hasta que dejaron de oírlo.

Al cabo de unos minutos, se volvieron hacia la roca del niño muerto por última vez. Hamir, cabizbajo y caminando despacio, los seguía.

Mila los esperaba cerca de Kara Tepe. Cuando se reunieron con ella, les pidió que se sentaran formando un corro.

–Quiero contaros un cuento.

1. ABDULLAH

Resulta que hace muchos años había un rey que vivía en un palacio hecho de oro y de piedras preciosas, con sus tres hijos y sus dos mujeres. Tenían docenas de sirvientes que los atendían, docenas de cocineros que les preparaban los manjares más suculentos. Disponían de soldados armados que los defendían, de abogados que los aconsejaban, de profesores que los instruían y de artistas de circo que los distraían. ¡En el palacio del rey vivían por todo lo alto!

Repantigada en su cojín, la abuela contemplaba el cielo mientras nos contaba la historia de aquel palacio de ensueño. Mis hermanas la escuchaban embelesadas, pero yo no podía dejar de comparar aquel relato inventado con nuestro presente de mierda. ¿Palacio de oro? ¿Reyes felices? ¿Comidas para chuparse los dedos? La realidad de nuestro día a día era la siguiente: nosotros (mi abuela, mis padres, mis hermanas y yo) malvivíamos como buenamente podíamos en un campo de refugiados en medio de la miseria, amontonados junto a otras familias como la nuestra, todas llegadas de países lejanos y condenadas a sobrevivir donde Cristo perdió la alpargata. Esa era la realidad.

Una sola comida al día, que engullíamos, famélicos, y que no sabía a nada. Agua sucia en la que flotaban trozos de carne blanduzca mezclada con restos de sémola o de patata. Así eran nuestros almuerzos. En medio de aquella situación deplorable y desesperante, mientras se ponía el sol, la abuela contaba a todos sus nietos la hermosa epopeya de un rey con infinitas posesiones.

El palacio tenía tantos aposentos que no se podían ni contar. Estancias inmensas, decoradas con cortinas de terciopelo rojo y negro, con camas gigantescas cubiertas de sábanas de un tacto suavísimo. Raso, seda, hilo... ¡El ajuar más exquisito con el que pueda soñar una mujer casadera! Cada mañana, los sirvientes despertaban al rey y a su familia corriendo las cortinas y abriendo los balcones, y entonces los primeros rayos de sol inundaban las habitaciones y doraban los objetos que se encontraban allí: las mesas más firmes, los ropajes más refinados, los jarrones de porcelana más fantasiosos y delicados, ¡y los juguetes más tentadores con los que pueda soñar un niño!

La abuela contemplaba el cielo mientras se imaginaba las maravillas que se iba inventando, y mis hermanas la escuchaban embelesadas, recreando todas aquellas fantasías. En el suelo, junto al cojín, había una caja de cartón sucia y medio rota que mi hermana pequeña usaba de cochecito para su muñeca lisiada (le faltaba un brazo y un ojo, y no tenía ni un solo cabello). Mi hermana tenía la muñeca en el regazo mientras escuchaba el relato.

Aquella caja era su juguete. Había contenido tetrabriks de leche que las ONG repartían una vez por semana entre las familias del campamento. Mi padre había conseguido pegarle dos ruedecitas de una vieja bicicleta para que su hija menor pudiera pasear a su muñeca tuerta de plástico. ¡Menudos chirridos emitían aquellas ruedas oxidadas! ¡Qué ruido tan desagradable!

¿Servía de algo que la abuela nos pintara un cuadro resplandeciente de riqueza cuando vivíamos en un antro lleno de charcos de agua turbia y sin nada con lo que calentarnos las noches frías de invierno? Pues sí, de algo debía de servir, porque mis hermanas estaban muy atentas y aparentemente no echaban nada en falta mientras les relataba la historia. No, ni una sola de las pequeñas comodidades que todo el mundo necesita para vivir.

Cada una de las mujeres del rey tenía su propio aposento, espacioso e inundado de luz. La reina Tigris compartía el suyo con la princesa Laila, la hija mayor del rey. La reina Hugah convivía con los príncipes Yerom y Yunai, los hijos pequeños del rey. Las dos consortes se llevaban de maravilla. Cada mañana, nada más levantarse, mientras el monarca departía sobre los asuntos de gobierno con sus ministros, abogados y militares, las reinas y sus hijos desayunaban, en invierno en una gran sala, y en verano debajo de una carpa en el jardín. Los atendían docenas de criados, y degustaban, hambrientos, pan recién horneado, mermeladas sabrosísimas y frutas fresquísimas de los árboles que crecían en los jardines del palacio.

La única nota discordante en aquella maravillosa sinfonía era la actitud del príncipe Yerom. Casi nunca se reía y trataba de rehuir la compañía de los demás. Solo participaba en los juegos y colaboraba en las actividades familiares si lo obligaban. Siempre intentaba escabullirse a la habitación de su madre y se pasaba horas observando con desagrado lo que veía por la ventana. No le gustaba oír a la reina Tigris cantar ni a su hermano y su hermana entretenerse. No soportaba que la gente adulara al rey, ni que lo sirvieran. Tenía un ademán enfurruñado. Nada lo complacía, nada lo entusiasmaba.

–¡Tu hijo nos ha salido melancólico! –bromeaba la reina Hugah, dirigiéndose a su marido.

Un día de julio, mientras desayunaban debajo de la carpa, el príncipe Yerom se encontró mal. El rey interrumpió sus quehaceres para ordenar que fueran a buscar al anciano doctor que velaba por la salud de la familia real. El sabio llegó enseguida y auscultó con un fonendoscopio el pecho de Yerom, que yacía en la cama. A continuación, le palpó el vientre y olió el aliento que exhalaba el pequeño mientras respiraba con dificultad.

–Este niño ha ingerido un veneno que le quema el estómago –sentenció el médico ante la familia– y, si no conseguimos que lo expulse, su vida corre peligro.

–¿Veneno? –se exaltó el rey–. ¿Crees que alguien lo ha envenenado?

–Tal vez lo haya hecho él mismo sin saberlo, majestad. Quizá se haya tragado algún fruto o alguna hiedra venenosa.

El rey y las dos reinas interrogaron a los hermanos del príncipe. Les preguntaron dónde habían jugado la víspera; si, por curiosidad, habían probado la semilla de alguna planta o el pétalo de alguna flor. Quisieron saber si los había atacado algún animal, si les había picado algún insecto. La reina Hugah reunió a todo el personal del palacio para saber si alguien había dado a su hijo algún alimento o alguna bebida que pudiera ser tóxica.

Pero nadie había dado nada al príncipe, ni ninguno de sus hermanos lo había visto llevarse nada a la boca ni acercarse a ningún animalillo.

El príncipe Yerom estaba blanco y frío como la nieve. Casi no se movía y había cerrado los ojos y la boca. El rey había ordenado correr todas las cortinas del palacio y había obligado a mantener un silencio sepulcral mientras su hijo se debatía entre la vida y la muerte. Hizo llamar a los mejores botánicos, a los mejores campesinos y a los mejores jardineros para que buscasen por los bosques el tronco maligno del que había brotado el fruto venenoso. Congregaron en el palacio a los mejores cocineros, a los mejores químicos y farmacéuticos para encontrar, suponiendo que existiera, el producto causante del mal que sufría el príncipe. Aquella multitud trajinaba por las cocinas, las despensas, los jardines y los bosques, día y noche, en un silencio absoluto.

Las dos reinas no se separaban del príncipe yaciente, cada vez más encogido y debilitado. Los hermanos de Yerom habían subido al desván del palacio y, sentados en el alféizar de una ventana, observaban cómo todo el mundo buscaba la causa del envenenamiento.

—¡Ese maldito demonio anda por aquí —insistía el rey, abarcando con la mirada el perímetro del palacio— y no cejaré hasta que lo atrape!

El sabio doctor había determinado que solo un antídoto podría detener la enfermedad del príncipe, y que solo se podría elaborar una vez que supieran cuál era la causa del envenenamiento. El médico disponía del *Gran Libro de los Antídotos* y, con la colaboración de dos viejos brujos, podía fabricar cualquiera de ellos, pero antes había que averiguar qué era lo que debían combatir.

—Si la causa de la enfermedad es una flor —explicaba una y otra vez al rey y a sus esposas—, debemos saber de cuál se trata, y entonces podremos preparar la poción correspondiente con la savia de todas las flores que propone el libro, majestad. Si se trata de la mordedura de un animal o de la picadura de un insecto, la poción milagrosa deberá fabricarse con la sangre de los animales indicados. Debemos saber con exactitud cuál es la causa del trastorno para poder contrarrestar sus efectos.

Una mañana, cuando la esperanza de salvar al príncipe era ya tan frágil que todos aquellos que lo amaban tenían los ojos llenos de lágrimas, Yerom despegó los labios para pronunciar una única palabra.

—Envidia —susurró.

El rey interrogó al viejo médico y este abrió el libro de los antídotos, que tenía a mano.

—«Remedio contra la envidia» —leyó en voz alta—: «Sacrificar todo aquello que pueda producirla».

—¿Qué demonios envidia mi hijo? —se preguntó el rey.

La abuela clavó la mirada en mis dos hermanas antes de concluir la historia:

Se cuenta que, muchos años después, el rey Yerom vivía solo en un caserón ruinoso y envuelto de miseria, alejado del reino de su padre. Por la noche, sentado en una vieja butaca ante el pequeño fuego que ardía en una chimenea ennegrecida, rememoraba todo lo que había poseído antaño, que había sido aniquilado con el fin de curarlo. Recordaba que, de niño, cuando vestía lujosos ropajes en lugar de los harapos que cubrían su esquelética desnudez, envidiaba la belleza de su hermana Laila, la inteligencia de su her-

mano Yunai, la tenacidad de su madre, la maravillosa voz de la reina Tigris cuando cantaba nanas, el coraje de su padre, la fortaleza de los soldados, la capacidad de trabajo de sus criados, el ingenio de sus bufones. También envidiaba la placidez de los jardines, el color de las flores, la fidelidad de los perros, la robustez de los árboles, la solidez de los muebles y los demás objetos. Envidiaba las palabras amables que se decían los unos a los otros. Envidiaba los gestos de afecto, las muestras de complicidad. Y envidiaba especialmente la atención con la que sus hermanos escuchaban los cuentos que les narraban, como yo ahora. Y, colorín, colorado, este cuento se ha acabado.

* * *

Mila era una niña especial por varias razones que la convertían en la líder de la pandilla, y disponía de un poder natural que nadie le cuestionaba jamás.

Había llegado sola al campamento, sin sus padres, sin su familia. Tenía un par de años más que nosotros y era alta y tenía el cuerpo formado como el de una mujer. Su tono de piel era más oscuro que el nuestro. No sonreía ni hablaba más de la cuenta y, cuando decía algo, siempre era en un inglés rudimentario (como el nuestro). Al hablar, desprendía una seguridad y un sentido común incontestables. Sus sentencias eran claras, justas y razonadas. Nunca era la primera en contestar o en proponer algo. Antes, dejaba la mirada perdida, como si se concentrara en lo que iba a decir, y el resto esperábamos expectantes su respuesta. Jamás se equivocaba. Parecía haber valorado los pros y los contras antes de emitir un veredicto.

Mi abuela decía que Mila era una chica triste, que había sufrido todas las desgracias que se pueden vivir, y que esas experiencias terribles la habían hecho fuerte.

—Es como si ya lo hubiera perdido todo, y por eso se muestra tan valiente: porque sabe que ya no puede perder nada más.

Cuando Mila llegó al campamento, estuvo viviendo en Moria, en el pabellón que llamábamos de los huérfanos. Más tarde, la señora Faruka le encontró una madre adoptiva, la señora Hadis, que se la llevó a su casa. La señora Faruka era médica. Había ejercido en otros países y tenía formación y titulación. En el campamento, trabajaba con médicos llegados de Europa. Conoció a Mila en una revisión rutinaria y le pareció una chica sensata y responsable. Una niña desgraciada que no se merecía vivir sola. Por eso intercedió para que la señora Hadis le hiciera de madre.

Mila no solo era popular en el campo por el hecho de haber llegado sola, sino también por la historia que se contaba (y que ella nos confirmó) sobre su huida de Nigeria, el país donde vivía. Sus padres y su hermana habían sido asesinados. Ella había logrado escaparse con unas vecinas y, tras muchos obstáculos y aventuras terribles, habían conseguido refugiarse en otro país llamado Libia. La situación en el campo de refugiados donde acabó se volvió insostenible, porque aquel país también estaba en guerra, y Mila decidió huir sola. Entonces le hablaron de Europa. Y ella, como todos nosotros, decidió que allí se iría.

—En un mapa, me enseñaron dónde estaba Europa. Y estaba muy lejos, arriba del todo —nos contó un día—. ¿Cuánto tiempo tardaría en llegar allí yo sola? Meses. Años, quizá. Unos niños que me encontré por el camino me dijeron que se podía volar. Como un pájaro.

—Cuesta muchísimo dinero montar en avión…

—No se referían a volar dentro, sentada, sino a colarse en la parte de abajo del aparato, en el agujero donde se esconden las ruedas durante el vuelo.

—¡Un avión no tiene ruedas! —la contradijo Castaña.

—¡Claro que tiene! Antes de despegar y de aterrizar, el avión usa unas ruedas para correr por la pista. Y resulta que hay un agujero en la panza del aparato donde se recogen esas ruedas.

Yo había oído hablar de chicos que se escondían debajo de camiones para cruzar la frontera sin ser vistos. O que se pegaban a los bajos de un autocar. O en la sala de máquinas de un barco. Pero nunca había oído que nadie se escondiera dentro de un avión.

—Aquellos niños libios me llevaron al aeropuerto y me quedé una semana cerca de una pista larguísima. Había poco tránsito y poca vigilancia. Del edificio del aeropuerto me llegaba una música que debía de ser de la radio. Cada dos noches, tres aparatos grandes como tres pájaros gigantescos de hierro dormían en las pistas. Llegaban a media tarde y yo veía cómo se acercaban desde el cielo y cómo, antes de alcanzar el suelo, les salían unas ruedas de la panza que rodaban por la pista. A medianoche, yo salía de mi escondite. Todo estaba a oscuras y nadie me veía. Me acercaba a los aviones y me ponía debajo. Entonces veía el lugar de donde salían las ruedas: dos agujeros a ambos lados del aparato. Tendría que meterme allí, en aquel espacio, si quería ir a Europa.

Mila comprobó que los aviones siempre despegaban cada dos días a la misma hora: primero uno, después el otro y, finalmente, el tercero. Pensó que el más grande, el primero que despegaba, era el que iba a Europa.

—Cuando empezaba a clarear, una hilera de pasajeros cruzaba la pista desde el aeropuerto y subía por una escalera móvil para entrar en el avión. Mientras tanto, llegaba un carro lleno de maletas. Unos trabajadores del aeropuerto las metían en la bodega. Los niños libios me habían contado que toda esa gente eran turistas ricos que habían ido de safari.

Ella debía ser la primera en subir al avión, pensó, antes de que llegaran los pasajeros y las maletas. También sería la mejor hora para que no la vieran. El problema era la altura del avión en el lugar donde se abría el agujero encima de la rueda. ¿Cómo treparía hasta allí? Imposible hacerlo a través del hierro larguísimo que sujetaba la rueda. Imposible amontonar cajas o cualquier otra cosa debajo del agujero, porque no podía dejar ningún rastro de su presencia. Tuvo la gran suerte de recibir una visita de los niños que la habían llevado al aeropuerto unos días antes.

–Vinieron a ver si ya me había marchado a Europa. Yo les conté el problema de la altura del agujero. Ellos me dijeron que se quedarían conmigo aquella noche para ayudarme de madrugada. Uno de ellos era bastante alto, como yo.

A las cinco de la madrugada, Mila y los dos niños se dirigieron hacia el pájaro de hierro. Un operario estuvo a punto de verlos, pero les dio tiempo a tirarse al suelo. Cuando el hombre hubo inspeccionado el avión, los tres se encaminaron hacia el agujero. El niño alto cogió a Mila en brazos, tal y como habían ensayado la tarde antes, hasta que ella pudo apoyar los pies en sus hombros y ponerse de pie. Sadira dice que ella ya había visto eso en un circo, cuando vivía en Alepo: los equilibristas subían los unos encima de los otros y construían torres humanas de dos y tres pisos. Con mucho esfuerzo y la mochila colgada a la espalda, Mila mantuvo el equilibrio sobre los hombros del niño hasta que alcanzó el borde del agujero con los dedos, y entonces se impulsó hacia arriba con todas sus fuerzas. Estaba agotada, pero no podía darse por vencida. La operación de entrada en el avión debía producirse con la máxima rapidez.

Por fin, cuando ya había conseguido apoyarse con los codos en el interior del agujero, el niño la soltó y, junto con su compañero, echó a correr para esconderse. Durante unos segundos, que a Mila le parecieron eternos, las piernas de la fugitiva quedaron suspendidas en el aire, sacudiéndose alocadas como si fueran las de un animalillo que el pájaro estuviera expulsando por el culo. Mientras Mila lo contaba, Castaña se echó a reír.

Unos días atrás, antes de llevarla al aeropuerto, los niños la habían advertido de que debía conseguir toda la ropa que pudiera, porque durante el vuelo del pájaro de hierro pasaría un frío atroz. Mila había metido toda la ropa que había juntado en una mochila: dos pantalones, tres jerséis, dos pares de calcetines, una gorra, dos bufandas y una manta vieja para las piernas.

Dentro del agujero, el espacio era muy reducido, de forma circular y lleno de cables enredados por todas partes. Todo estaba sucio, polvoriento y olía a queroseno. Había un par de lucecitas que se encendían y se apagaban. Antes que nada, de pie entre el cableado, observando fascinada el agujero redondo que se abría a sus pies, Mila se puso toda la ropa que llevaba en la mochila.

Poco a poco, al despuntar el día y siempre a través del gran agujero que tenía a sus pies, Mila oyó llegar a los operarios, a los pasajeros y a los oficiales de vuelo. También oyó el motor del carro de las maletas y cómo alguien las lanzaba a un espacio cercano a aquel donde se encontraba ella. De lejos, oía el servicio de megafonía que anunciaba la salida del vuelo. Como apenas lo escuchaba y era en una lengua distinta a la suya, no pudo averiguar a qué ciudad de Europa se dirigían.

—Y, de repente, empezó —nos contó Mila—. Los motores se encendieron y todo comenzó a temblar. Me acordé de los días de guerra en mi país. De las explosiones de las bombas. También pensé en un terremoto. Estaba muerta de miedo.

Se agarró muy fuerte al cableado que recubría aquel diminuto espacio. El ruido de los motores del avión era ensordecedor. Pasaron varios minutos hasta que el pájaro de metal empezó a moverse. Mila se agarró aún más fuerte a los cables y hierros que colgaban. Estaba convencida de que, si se soltaba, se iba a caer por el agujero, porque el aparato corría a una velocidad vertiginosa. Era como si un tornado se hubiera introducido en el interior del avión. Daba unas sacudidas fortísimas y ella temblaba como si sufriera un ataque de epilepsia.

De repente, el suelo de la pista que vislumbraba a través del agujero se fue empequeñeciendo: el avión despegaba. Llegó a ver el tejado de cañas del aeropuerto y una especie de torre de vigilancia. Después, solo copas de árboles que brillaban con la primera luz del día.

A continuación, un estruendoso chirrido acompañó el repliegue de la rueda mientras esta subía y entraba por el agujero. Un mecanismo permitió que, una vez dentro, a pocos centímetros del cuerpo de Mila, que se sacudía con violencia, la rueda se colocara en posición horizontal y un cierre metálico se deslizara desde el suelo y dejara el agujero cerrado herméticamente con un clic.

Entonces todo se calmó un poco. El temblor ya no era tan fuerte y la corriente de aire que parecía un vendaval se detuvo. En aquel momento, cuando Mila dejó de tirar de los cables a los que se sujetaba, empezó a notar el frío.

—No os lo podéis ni imaginar. Jamás había pasado tanto frío. Sentimos como si me enterraran en un bloque de hielo.

Mila pudo sentarse entre los cables. Los dientes le castañeteaban. Al final se desmayó. Menos mal que le había dado tiempo a envolverse con la manta. Y menos mal que se despertó cuando volvió a oír un ruido espantoso antes de que el agujero se abriera de nuevo para que bajara la rueda. Entonces se puso en pie, mareadísima, y volvió a agarrarse al cableado para no caerse al vacío.

—Me encontraron poco después. Me llevaron a un hospital en ambulancia. No recuerdo nada porque estaba inconsciente. Al cabo de unos días, una agente de policía me dijo que estaba viva de milagro. Que la mayoría de la gente que se escondía en el tren de aterrizaje de un avión se moría. El agujero se llama así: tren de aterrizaje.

—¿Llegaste a Europa?

Mila soltó un hondo suspiro, bajó la mirada y negó con la cabeza.

—No tuve suerte. Aquel avión no iba a Europa. Ni era tan grande como me parecía ni iba tan lejos. El pajarraco de hierro solo voló media hora y me dejó en un aeropuerto cercano, en el mismo país. No —insistió Mila, negando con la cabeza—. No tuve suerte.

—Sí que la tuviste —la contradijo Castaña—: estás viva.

En lo alto de una colina, en medio de una frondosa selva de árboles altísimos, se alzaba el palacio de un rey que tenía doce hijas. De hecho, no era la residencia real, sino la casa de las doce princesas. El rey y su corte vivían en la ciudad, a orillas del río. Allí residían el Gobierno y los soldados preparados para la guerra, y allí trabajaban los súbditos, no solo en los campos de cultivo, sino también en las canteras y las minas que rodeaban la ciudad y que eran su fuente de riqueza. Y entonces, os preguntaréis, ¿qué hacían las doce princesas en lo alto de aquella colina de la selva? El rey, su padre, las había encerrado allí para protegerlas.

¿Protegerlas de qué o de quién?, os preguntaréis. El rey tenía la respuesta: de todo y de todo el mundo.

La madre de las chicas, que había muerto en el último parto (el número doce), había sido la mujer más hermosa de la región. No pertenecía a la nobleza como su marido, ni a ninguna familia aristocrática de los pueblos vecinos. No, la reina había sido una simple campesina de una belleza tan exagerada que el rey se había enamorado locamente de ella. Tuvo que luchar contra la tradición y contra su propia familia, que no salía de su asombro de que el rey se hubiera prendado de una campesina.

El caso es que, después de enfrentarse con todo el mundo, el rey se salió con la suya. La reina parió doce hijas, cada una más hermosa que la anterior, suponiendo que eso sea posible. Durante veinte años, la reina se dedicó en cuerpo y alma a parir, primero, y a amamantar, después, a sus hijas. Los últimos partos fueron complicados y la pobre mujer se pasaba más tiempo tumbada que de pie, auxiliada por un ejército de comadronas. Finalmente, en el duodécimo parto, el cuerpo le dijo basta y, justo cuando acababa de expulsar del vientre a la última de sus criaturas, se le extinguió el aliento.

La primgénita tenía casi veinte años cuando nació la menor.

–Tendrás que hacerle de madre a tu hermana –le ordenó el rey–. Las mayores ayudaréis en la tarea de criar y educar a las pequeñas. Dios ha querido que vuestra madre se marchara, y es ley de vida que os cuidéis las unas a las otras.

El rey puso a disposición de las princesas un elenco de veinte criadas: niñeras, cocineras, camareras, enfermeras e incluso

una especie de institutriz europea que hablaba en inglés. Todas ellas se dedicaron en exclusiva a cuidar a las doce huérfanas. Sin embargo, la cantidad de niñas que correteaban por las dependencias del palacio sacaba de quicio al rey y a sus consejeros. Entonces, el soberano mandó construir un palacio junto al suyo. Aquella sería la residencia de las princesas. El nuevo edificio constaba de una sala de juegos inmensa y de un aula provista con todo lo que necesitaban las niñas para recibir las clases de las mejores maestras del reino. Alrededor del salón y del aula, se abrían los aposentos privados de las princesas. Dos guardias reales de punta en blanco vigilaban día y noche las puertas de la residencia y no permitían que nadie entrara ni saliera sin su consentimiento.

–Pero las niñas crecen –dijo la abuela, dirigiéndose a mis hermanas–. Vosotras lo sabéis mejor que nadie. Y entonces, al margen de los juegos infantiles y de las lecciones diarias, las mayores empezaron a mostrar interés por las cuestiones sentimentales, que, a partir de cierta edad, enardecen el corazón de las muchachas: la amistad y el amor.

Los guardias de la puerta informaron al rey de que últimamente habían detectado la presencia de personas ajenas a la familia en la residencia de las princesas. Primero, las hijas de las limpiadoras o de las cocineras, o las alumnas de las maestras que estudiaban en la ciudad. Después, también los hijos de algunos consejeros y de campesinos o sirvientas. El rey preguntó a sus hijas quiénes eran aquellas personas que se introducían en el palacio y quiso saber cuál era su propósito. Sus hijas, cabizbajas, se limitaron a contestar que iban a jugar, a contarles cosas, a re-

velarles secretos o rumores, a intentar seducirlas. Vamos, lo que suelen hacer los jóvenes cuando se les enciende la chispa de la libertad y abandonan la vigilancia paterna.

El rey no podía consentirlo. ¡Eran sus hijas! ¡Eran las princesas más hermosas del mundo! ¿Cómo se atrevía un campesino o el hijo de una costurera a intentar robarles el corazón?

—¡Padre! ¿Verdad que nuestra madre fue campesina antes que reina? ¿Verdad que te enamoraste y te casaste con ella en contra de la opinión de tu familia?

—¡La situación y las circunstancias eran distintas! —se defendía el rey—. Vuestra madre era una flor salvaje a quien yo tuve que pulir. En cambio, vosotras sois flores esbeltas y sofisticadas, y no permitiré que ninguna mala hierba os enrede con sus tallos y os eche a perder.

Antes de que fuera demasiado tarde, y pese al dolor que le provocaba tener que alejarse de ellas, el rey ordenó construir un tercer palacio para sus hijas, pero esta vez muy lejos de su reino, en la cima de una colina, en medio de una selva.

—Padre —se lamentó la mayor—, tú no pretendes protegernos, sino encarcelarnos. Ya no seremos las flores de las que quieres alardear, sino las esclavas a quienes privarás de libertad.

El rey se mantuvo en sus trece. Una noche, al despuntar el alba, dos carruajes salieron del palacio; en ellos iban las princesas y los soldados, y se dirigieron a aquella lejana cárcel inaccesible.

—Mis hijas son las flores más bellas del jardín —contaba el rey a quien quisiera escucharlo— y no permitiré que nadie las pervierta.

Aisladas del mundo, las doce princesas pasaban las horas en la terraza del nuevo palacio. Siempre juntas, las unas junto a las otras, mirando sin verlo el bellísimo paisaje que las rodeaba. El único visitante que acudía, una vez al mes, era su padre.

–¿Por qué estáis tan mustias, florecillas mías? ¿Por qué no brilla una sonrisa en vuestros hermosos rostros? Tenéis todo lo que una persona puede desear en la vida. Las comodidades, la protección, los regalos. Cada día os hago llegar las comidas más sabrosas, los vestidos más elegantes y los juguetes más increíbles. ¿Por qué me recibís, día sí y día también, con esas caras tan mustias?

Con el paso del tiempo, el número de princesas fue menguando. La primera en marcharse fue la mayor. Se escapó con uno de los soldados que las custodiaban. El rey, exasperado, dio la orden de búsqueda y captura de los fugitivos, pero nadie consiguió encontrarlos. La segunda y la tercera huyeron solas; la cuarta se arrojó de la torre más alta. La quinta y la sexta se escondieron en el carro que les llevaba la comida y nadie volvió a verlas. La séptima murió envenenada por un brebaje que le ofreció una bruja que vivía en la selva.

Solo quedaban cinco, las más jóvenes, y el rey, impotente, mandó encerrarlas en celdas individuales para impedir que cayeran en la tentación de huir o de suicidarse como sus hermanas. Una dejó de comer; la otra se volvió loca; la tercera suplicó a un soldado que la matara, y la cuarta imploró a otro que se la llevara tan lejos que nunca pudieran encontrarla.

Al rey solo le quedó una hija. Tal vez la más hermosa. Tal vez la más prudente. Tal vez la más miedosa. Tal vez la que más lo quería.

–Ya ves, hija mía, cómo me ha maltratado la vida. Pese a que mi único deseo era adoraros y protegeros, solo he recibido odio y tragedia. Quise dároslo todo y me he quedado sin nada.

—De un campo raso, salvaste la flor más hermosa. En cambio, de un jardín bellísimo, no has salvado ni una sola.

—Te he salvado a ti. Quiero pensar que no todo ha sido en vano. Eres mi heredera y mi reino es tuyo. Tú serás la reina.

Hace muchos años, en un palacio construido en la cima de una colina en medio de una selva, vivía un viejo rey amargado y solitario, olvidado por todo el mundo, que no recibía ninguna visita. Desde los ventanales de su torre, inválido y medio ciego, el viejo rey observaba, medio borrosa, la silueta de una campesina que se afanaba en el huerto, que también hacía de pastora y sacaba el rebaño a pacer todos los días, que trabajaba de cocinera y de criada y subía a la torre real la escasa cantidad de comida que ingería su padre.

Una campesina que antaño había sido su hija amada y que ya no le dirigía la palabra. Una campesina mal vestida y despeinada, tostada por el sol y arrugada por el trabajo, que se dedicaba a cultivar doce tulipanes bellísimos que crecían, salvajes, entre la maleza.

Castaña era un niño desgarbado que había llegado al campamento con su familia desde Turquía. Cuando Mila lo conoció, nos contó que no era como los demás; era especial.

—No tiene nada que ver con el sufrimiento, ni con el largo trayecto lleno de dificultades que tuvo que realizar con su familia para llegar hasta aquí. Castaña ya era distinto antes de que empezara todo eso —nos aseguró.

La primera vez que lo vio, mi hermana pequeña pensó que era un anciano. Castaña yacía en un jergón en su tienda, porque tenía dolor de barriga o la gripe o alguna enfermedad pasajera. Solo le sobresalía la cabeza de las sábanas. Mi hermana dio por sentado que aquel hombre tumbado era el abuelo de la familia.

Lo llamamos Castaña porque tiene cara de castaña. La doctora Faruka, la médica que se ocupa de nosotros, tiene un don para encontrar parecidos ingeniosos entre las personas y las cosas. A nosotros nos hace mucha gracia, porque siempre acierta, por muy peregrinas que sean las comparaciones: «Aquel tipo tiene cara de tapón». «Aquella niña tiene cara de botella vacía». «La señora Li Yu tiene cara de huevo frito». Nunca falla, pero ahora dice que con las mascarillas le cuesta más adivinar qué forma tienen las caras.

Un día nos dijo que Castaña tenía cara de castaña y todos estuvimos de acuerdo. Una castaña no tiene ojos, ni frente, ni nariz, ni cejas, pero, sin duda alguna, el rostro de nuestro compañero se parece al fruto del castaño.

Aunque tiene la misma edad que nosotros, no se comporta como los demás, sino de otra manera. Landro suele decir que a Castaña, comparado con los otros niños, le faltan cosas. No se refiere a objetos materiales (por desgracia, tiene tan pocos como nosotros), sino a actitudes, comportamientos o sentimientos. En parte, tiene razón: Castaña no tiene miedo, ni prejuicios, ni vergüenza, ni remordimientos. Carece de todo eso y, en ese sentido, contrariamente a lo que pensó mi hermana, se parece más a un niño que a un abuelo.

Todos recordaremos siempre el día de verano que unos cooperantes de no sé qué país europeo nos invitaron a ir a la playa. Vete a saber cómo, conseguimos dos autocares (para llevarnos allí) y el permiso de los padres (para ir). La playa estaba situada a treinta kilómetros del campo, en una zona de difícil acceso. Por la mañana nos reunimos más de ochenta personas y los monitores nos colgaron a todos alrededor del cuello un cartelito plastificado con nuestro nombre y el campo de refugiados donde vivíamos. Lo hicieron por si alguien se perdía y también para tenernos controlados. Subimos a los autocares de buena mañana.

Muchos jamás habían visto el mar. O lo habían visto de lejos, o abarrotado de buques mercantes en un puerto, o sucio, como el que teníamos delante de nuestras narices en Kara Tepe. Nunca habían estado en una playa apta para el baño. Las olas deshaciéndose en la arena limpia y blanda, repleta de conchas, balanceándose y coronadas de espuma blanca. El cielo azul surcado por el vuelo de las gaviotas y los gavilanes. El sol abrasando la piel de los cuerpos que estaban tumbados o bañándose.

Aquel día, algunos cooperantes hicieron de monitores de natación. Nos habían regalado unos bañadores azules, todos iguales y de la misma marca, y nos separaron por grupos. Dejamos la ropa amontonada y metimos los pies en el agua, que estaba bastante fría.

Los monitores hablaban un inglés elemental y movían mucho las manos y las piernas para hacerse entender con gestos. Nos recomendaban con insistencia que no nos alejáramos de la orilla, que siempre pisáramos arena y que no intentáramos nadar donde no hacíamos pie. Tras muchos intentos, la mayoría nos las arreglamos y logramos experimentar el gozo de desplazarnos por el agua dando brazadas. Nos costó más nadar de espaldas, que era más cómodo porque podías respirar por la nariz, pero más difícil porque el cuerpo no flotaba y te daba la impresión de que te ibas a ahogar.

Fue un día bonito, lleno de gritos, de risas y de descubrimientos. Hicimos una pausa para comer sentados en la arena. Los cooperantes nos habían traído bocadillos y latas de refrescos para todos. Después, mientras hacíamos la digestión, nos propusieron jugar. Se organizaron partidos de fútbol y de voleibol. Otros prefirieron construir castillos de arena, aleccionados por uno de los cooperantes, que, según nos contó, se había pasado tres años yendo de playa en playa, haciendo aquellas construcciones en miniatura.

Antes de volver nos dejaron bañarnos por última vez y practicamos las lecciones de natación que habíamos aprendido. Y fue entonces cuando nos dimos cuenta de que Castaña había desaparecido.

Hamir, mi hermana mayor y yo habíamos sido los últimos en verlo, porque habíamos comido juntos. Después, mientras jugábamos, Castaña no había estado con ninguno de nosotros. ¿Dónde se había metido? Los cooperantes se alarmaron: ¿no se habría ahogado? Controlaban la zona de baño y natación, y no habían permitido que ninguno se alejara del perímetro. Sin embargo, todos sabíamos que Castaña era distinto y nos preguntábamos si era posible que un niño como él se ahogara con el agua hasta la cintura.

—¿No habrá sufrido un corte de digestión?

Todos salimos del agua, nos secamos con las toallas y nos vestimos enseguida. Prioridad número uno: encontrar a Castaña. En la playa había poca gente y ninguno de los desconocidos había visto un niño de sus características. Lo llamamos. Se organizaron tres equipos de monitores y niños para recorrer la extensión de arena de una punta a otra. También se organizaron tres equipos más para buscarlo dentro del agua. Se acercaba la hora de regresar a los autocares y Castaña no aparecía.

Y cuando la preocupación de los monitores empezaba a ser máxima, uno de ellos descubrió una especie de palo que crecía en vertical en medio de la arena cerca de la zona donde nos habíamos sentado a comer. Al aproximarse, vio que se trataba de un tubo respirador de los que se usan para aprender a bucear. El tubo de color azul estaba plantado como si fuera el tallo de una planta. El monitor lo agarró y tiró de él. Enseguida, detrás del tubo, apareció la cabeza de Castaña, completamente rebozado de arena y con las gafas de buceo puestas.

–¿Se puede saber qué haces aquí?

Castaña había excavado una tumba y se había enterrado. Se le ocurrió fingir que estaba muerto. Se había puesto las gafas y el tubo para poder respirar y se había cubierto de arena él solo, con dificultad, hasta desaparecer. «¡A ver cuánto rato puedo aguantar como si fuera un muerto!», nos explicó después que había pensado.

El monitor lo desenterró, lo regañó en inglés (Castaña no entendió ni papa) y lo obligó a meterse en el agua para quitarse la arena. Estaba rebozado como una croqueta.

–Suerte que ese tipo me ha encontrado –nos comentó cuando volvíamos en el autocar–. ¡Ya me había quedado sobado de lo a gusto que estaba!

–¡Serás imbécil! –le espetó mi hermana–. ¡Qué manera tan absurda de morir si te hubieras quedado dormido y no te hubieran encontrado!

–Al menos ya habría tenido la tumba hecha –se rio él–. ¡Menos trabajo para todos!

La princesa Leira vivía en un fastuoso palacio rodeado de jardines y arboledas. Sus padres eran los reyes de Jaluantapur, la ciudad más próspera del país, y eran venerados por todos los habitantes de la región. La princesa Leira quería mucho a sus pa-

dres, que de vez en cuando le permitían acompañarlos a los actos oficiales, donde eran bien recibidos y tratados con respeto y admiración. La princesa se interesaba por lo que ocurría en el país que tan atinadamente gobernaban sus padres.

Cuando la trataban con deferencia, se sentía halagada y agradecía las muestras de afecto que recibía, especialmente las de carácter material, como las comidas a las que la invitaban y la cantidad de golosinas que le ofrecían a ella en particular.

–¡Es la princesa más hermosa del mundo! –oía decir a menudo cuando acompañaba a la comitiva real.

Sin embargo, a Leira también le preocupaban algunas circunstancias que descubría cuando estaba fuera de casa. Gente pobre y desahuciada que malvivía en los márgenes de los caminos y de las carreteras; mendigos contrahechos y enfermos que recorrían a pie las calles de la ciudad; huérfanos que se dedicaban al pillaje porque no tenían ningún familiar que se hiciera cargo de ellos. Al regresar al palacio tras las salidas, acostumbraba a comentar esas visiones desagradables con sus padres.

–Me parece injusto que haya gente que sufra y deba malvivir de la beneficencia a pesar de que nosotros disponemos de todos los lujos, madre –le decía a la reina cuando esta la acostaba–. Es muy triste pensar que yo he tenido la suerte de ser vuestra hija mientras que otros niños se pasan el día pidiendo limosna.

–No te preocupes por todo lo que ves, Leira –la aleccionaba la reina–. Piensa que tu padre y yo hacemos todo lo posible para que en nuestro país se viva bien. Aprobamos las leyes más justas y llevamos a cabo esfuerzos económicos para reducir la pobreza. Pero hay cosas inevitables.

–Quizá si todos los niños recibieran una buena educación, como la mía...

–Sí, eso ayudaría. Tu padre y yo insistimos mucho en crear escuelas, obligar a la gente a llevar a sus hijos al colegio, formar a profesores y maestros...

Una tarde que Leira se aburría escuchando un discurso eterno que leía un heraldo extranjero al que habían ido a recibir, pidió permiso a su madre para salir a jugar a los jardines de la mansión donde se celebraba el acto de bienvenida. Esta asintió con la cabeza. Discretamente, la princesa abandonó su asiento y salió por una puerta lateral. Atravesó pasillos y salas donde los camareros y los criados preparaban la comida que se ofrecería a continuación, y salió al jardín. Se trataba de un acto solemne y, por tanto, no había más niños entre los invitados.

Se acercó a un estanque cristalino que se extendía alrededor de una fuente que brotaba risueña. Dentro del agua crecían nenúfares en flor y nadaban pececillos de colores. Mientras la princesa, sentada en el césped, se reflejaba en el estanque, en el agua apareció una duplicación de su cabeza: como si, de repente, Leira se hubiera desdoblado y hubiese dos princesas.

Se dio la vuelta y, detrás de ella, descubrió a una niña de su edad, tan parecida a ella que la semejanza la estremeció. Iba vestida pobremente y no llevaba zapatos. Tenía una mancha marrón alrededor de los labios, probablemente de chocolate, y lo primero que sintió Leira fue una especie de codicia: ella habría sido más feliz engullendo una onza de chocolate que escuchando, hastiada, el discurso de aquel hombre a quien sus padres rendían homenaje.

–¿Quién eres?

La princesa se había incorporado y observaba a la niña de hito en hito. Tenían la misma altura. Leira se dio cuenta de que la desconocida tenía el pelo un poco más claro que ella, pese a la mugre. Lo llevaba enredado y grasiento.

–Mi tía es cocinera. He venido a ayudarla –contestó–. ¿Y tú? –le preguntó la recién llegada.

–¿Te has dado cuenta de que nos parecemos muchísimo? Podríamos ser hermanas –dijo Leira, sin revelar su identidad.

–Yo ya tengo hermanas –respondió la niña.

Y Leira volvió a envidiar a la sobrina de la cocinera.

Aquel mediodía, jugaron juntas durante muchísimo rato. Corrían como locas por los jardines de la residencia, se contaron chistes a la sombra de un olivo gigantesco, desmigaron un mendrugo de pan que la niña llevaba en el bolsillo y se lo dieron a los patos que nadaban en un rincón del estanque. Cada vez que alguien salía de la casa, las niñas se escondían a toda prisa y no contestaban a los gritos de quienes las buscaban.

–¡Leira! ¡Leira! –gritó la señora Li, la institutriz china de la princesa.

–¡Kira, Kira! ¿Dónde demonios te has metido? –repetía la cocinera, mientras buscaba a su sobrina.

Así las niñas supieron cómo se llamaba la otra sin necesidad de preguntárselo. En un momento dado, la cocinera y la señora Li se encontraron, muy enfadadas, frente a las niñas.

–¡Ya basta de travesuras! –refunfuñó la tía de Kira–. Entra enseguida en la cocina, que hay mucho trabajo pendiente –le ordenó a su sobrina.

–¡Y tú haz el favor de venir conmigo! ¡Todos están inquietos porque no saben dónde te habías metido! –dijo la señora Li, mientras agarraba a Leira de la mano y le sacudía las briznas de hierba que se le habían pegado al vestido de gala.

Al cabo de cuatro días, el visitante extranjero iba a despedirse del rey en la residencia donde lo habían hospedado y Leira quiso acompañar a su padre. Albergaba la esperanza de que Kira estuviera allí ayudando a su tía a preparar la comida de despedida del alto dignatario. En cuanto encontró la ocasión oportuna, Leira se escabulló de su padre y de la institutriz y fue a buscar a su amiga a la cocina. Kira, con un delantal que le llegaba a los pies, removía unas cazuelas enormes donde se guisaban faisanes y patatas.

–Hoy no podemos jugar porque tengo mucho trabajo. Pero, si quieres, te busco un delantal y me ayudas.

Leira aceptó enseguida. Para no mancharse el vestido, se lo quitó y se cubrió con unos harapos que había cerca de la chimenea.

Las niñas estuvieron manoseando la comida con entusiasmo y las dos acabaron sucísimas de pies a cabeza. Los camareros y las cocineras se reían de ver la alegría con la que aquellas dos muchachitas, atolondradas y tan parecidas, se divertían haciendo el trabajo que les encargaban.

Cuando la señora Li entró en la cocina con cara de mala uva, Leira había salido al patio a recoger unas florecillas de color violeta para decorar el asado.

–¿Qué haces vestida así y sucia como un animalillo? –le espetó, iracunda, a Kira, a quien había confundido con la princesa–. ¿Dónde has dejado tu ropa?

Kira señaló la prenda que había junto a la chimenea. La institutriz, decidida, recogió el vestido, agarró a Kira de la mano y se la llevó al cuarto de baño. Allí le hizo quitarse los harapos, la lavó con agua y jabón, la peinó y le puso la ropa limpia.

–Tu padre lleva rato buscándote, y se enfadará mucho si no llegas a la mesa a tiempo –le dijo la señora Li.

Kira no pronunció palabra. Frente al espejo de aquel cuarto de baño lujoso al que ella nunca había tenido acceso, asistió, perpleja, a su transformación. Mientras tanto, Leira, que había vuelto del jardín con un ramillete de violetas en las manos, fue increpada por una cocinera vieja.

–¿Dónde diantres te habías metido? ¿No ves que debes remover el asado, que si no se va a quemar? –Y, acto seguido, le dio un cogotazo.

Leira buscaba a su amiga con los ojos y no la encontraba. Entonces la vieja le dio una bofetada.

–¡Ocúpate del trabajo!

La princesa, confusa y con ganas de llorar, descubrió que su vestido de gala había desaparecido. Cuando preguntó dónde estaba su ropa y anunció que tenía que irse, recibió el tercer tortazo.

–¿Adónde tienes que ir, maldita cucaracha? ¿Te crees que puedes escaquearte del trabajo porque no está tu tía? ¡Como no lo termines ahora mismo, te echo a la cazuela!

Kira, impresionada, entró en el gran comedor de la mano de la señora Li. Aún más impresionada y enmudecida, se sentó a la mesa presidencial, junto al mismísimo rey, que le dio un beso en la frente. Y, colorín, colorado, este cuento se ha acabado.

* * *

La familia de Hamir había sufrido miles de desgracias antes de llegar al campo. Procedían de Afganistán y, cuando se vieron obligados a abandonar su casa porque los talibanes habían amenazado al padre, solo tenían una hija. Los talibanes se habían adueñado del país y gobernaban de manera autoritaria, restrictiva y violenta. Por aquel entonces, el padre de Hamir era periodista y siempre había criticado el comportamiento de aquellos hombres barbudos que decían actuar en nombre del dios de los musulmanes recortando libertades a todo el mundo. Consciente de que corría peligro de ser asesinado, el padre de Hamir huyó con su mujer y su hija al país vecino: Pakistán. Allí nació su segundo hijo. Pero el periplo de la familia no terminó ahí: perseguidos también en su nuevo lugar de residencia y sin recursos económicos, tuvieron que marcharse a Irán. Allí permanecieron tres años y nació Hamir. Cuando decidieron ir a Europa, lo intentaron a través de Turquía, donde se encontraron con más obstáculos burocráticos y más problemas de dinero, y allí nació su benjamina. Desde el punto de vista de la procedencia, aquella familia tenía una hija afgana, un hijo pakistaní, un hijo iraní y una hija turca. Casi nada.

El padre dejó su profesión y tuvo que ganarse las habichuelas de mil maneras distintas: vendió fruta, hizo de fontanero, trabajó en una mina de carbón y, finalmente, se convirtió en zapatero. Eso sí, escribía a escondidas. Hamir siempre nos contaba lo que decía su padre:

–Cuando todo esto haya terminado y hayamos llegado a un puerto seguro de Europa, publicaré mis memorias. Están llenas de datos que a los lectores les pondrán la piel de gallina.

Mientras tanto, el hombre seguía haciendo zapatos. Al parecer, el Gobierno de Bruselas, es decir, el Gobierno de Europa, pagó a Turquía para impedir que atravesaran la frontera más inmigrantes, y por eso la familia de Hamir se quedó allí unos cuantos años más, medio retenida. Al final, consideraron que la única manera de salir de aquella situación era en patera, a través del mar Egeo, que separa ese país de Grecia. Centenares de personas han muerto intentando llegar por esa vía, pero había que intentarlo, cuenta siempre Hamir, repitiendo las palabras de su padre.

La travesía por mar fue terrible. Larguísima, muy dificultosa y extrañísima. El frío, el hambre, la sed, el miedo... Los cuatro hermanos se agarraban a las piernas de su madre, intentando encontrar un poco de calor y de seguridad en aquella barca inestable, que se movía a la deriva y en la que se filtraban litros y más litros de agua, que algunos hombres, entre ellos el padre de Hamir, intentaban vaciar. Cuando reinaban los gritos, los llantos y escenas atroces de gente desesperada que se lanzaba al agua helada sin saber nadar e ignorando a qué distancia de la costa se hallaban, un barco de salvamento los vislumbró y los salvó de una muerte segura.

El primer recuerdo que tenía nuestro amigo de Europa era el de la playa adonde llegaron, al norte de la isla de Lesbos: había una montaña de chalecos naranjas. Desembarcaron allí, remolcados por la barca patrullera, a las seis de la mañana, cuando amanecía. En el lugar donde un equipo de médicos y voluntarios recibían y atendían a los recién llegados se alzaba la montaña de chalecos reflectantes. Los voluntarios desabrocharon los que llevaban puestos Hamir y sus hermanos y los lanzaron a la pila. Poca cosa había podido salvar su familia, aparte de los chalecos: una bolsa de plástico bien atada a la cintura de la madre con cinta aislante que contenía unos cuantos billetes (turcos e iraníes), unas agujas de zurcir zapatos y el manuscrito del padre, que, a la larga, debía salvarlos de la pobreza.

Los condujeron a Moria, un campo de la misma isla que se había convertido en una especie de ciudad. El padre le había contado a Hamir que Moria se había diseñado para albergar a tres mil personas y, al llegar ellos, ya había veinte mil.

–¿Esta mierda es Europa? –le había preguntado Hamir a su padre cuando alguien les indicó el agujero donde podían malvivir.

–No. Esto es el infierno que nos toca sufrir mientras nos dan permiso para entrar.

Y su padre tenía razón. Dejando de lado la peligrosidad del asentamiento, la falta de alimentos y de ayuda humanitaria y el desgobierno absoluto de aquel paraíso de delincuentes, Moria se convirtió en un infierno de llamas el día que se quemó y miles de personas pobres y muertas de hambre se quedaron sin techo. El padre de Hamir había conseguido montar un pequeño taller de zapatero cerca de la barraca donde vivían. No había dinero para comprar o hacer zapatos nuevos, pero la gente necesitaba arreglar los que ya tenía para no ir descalza durante el largo invierno de Lesbos. Hasta entonces, el padre se las había ido apañando, y sus hijos y su mujer lo ayudaban. Poner suelas nuevas hechas con materiales reciclados que encontraban de vez en cuando en la basura, hacer pespuntes al cuero, reforzar los interiores gastados... Mucha gente acudía al taller y les daba trabajo, que pagaba como buenamente podía, a menudo con comida o agua. Hamir y su hermano podían salir después de su jornada y jugar un rato al fútbol con los demás niños refugiados. Sin embargo, la madre y las hermanas solo podían desplazarse de casa al taller y del taller a casa, porque las violaciones eran muy habituales.

Cuando Moria se quemó, la familia de Hamir perdió lo poco que tenía. La madre, haciendo de tripas corazón, no dejaba de repetir que les quedaba la esperanza. Que la esperanza no se pierde nunca y que cuando algo se tuerce hay que enderezarlo, cueste lo que cueste, como hacían con los zapatos. El padre de Hamir ya no pensaba lo mismo. Ni eso ni nada: tras las llamas y el desengaño, llegó el silencio y la enfermedad.

Nosotros siempre hemos conocido al padre de Hamir así. En ese despojo humano, cuesta adivinar al periodista aventurero que fue antaño. El hombre fuerte que atravesó y malvivió en tantos países y que engendró hijos en cada territorio. El padre de Hamir no se mueve. No reacciona cuando lo saludamos o cuando su mujer, paciente, le pone una cucharada de comida en la boca. Se queda quieto y mudo como un objeto, y solo muy de vez en cuando sigue con la mirada los movimientos de un pájaro que sobrevuela el campamento. La hermana pequeña dice que por la noche su padre no duerme, que se queda igual de quieto y no cierra los párpados. Tal vez duerma con los ojos abiertos. A la abuela ese hombre le da mucha pena y compadece a su mujer, que debe ocuparse de todo.

—Por suerte, conservamos su libro, que se publicará cuando lleguemos a Alemania. Mi madre está convencida de que lo que describió mi padre nos sacará de la miseria.

Ninguno de nosotros ha visto jamás el libro. Hamir dice que es un tesoro preciosísimo y que lo tienen enterrado y bien escondido en un lugar seguro.

—No me extrañaría que lo del libro sea una fantasía —comentó un día mi abuela— y que, suponiendo que haya existido, no se quemara en el incendio de Moria.

* * *

Érase una vez, en un país situado en los confines del planeta, un monstruo a quien todo el mundo llamaba Sinad. Era alto y corpulento, con una cabeza enorme coronada por dos cuernos, y tenía todo el cuerpo recubierto de pelo. Poca gente lo había visto, pero se sabía de su existencia por varios testimonios de generaciones anteriores, lo que significaba que aquel monstruo era longevo y tal vez inmortal. Vivía aislado en un bosque frondoso al

que nadie se acercaba, precisamente para no encontrárselo. No había constancia de que Sinad hubiera hecho daño a nadie, ni de que se hubiera comido a ningún niño, como apuntaban los cuentos. Pero era un monstruo, peludo y gigantesco, y vete tú a saber cómo reaccionaría si algún aldeano se acercaba a su territorio, aunque fuera con la mejor intención del mundo.

En aquel país hubo una guerra muy cruenta, y no por culpa del monstruo, sino por la incapacidad de los hombres de vivir juntos y respetarse los unos a los otros. Acostumbra a ser así: el orgullo, la envidia, la codicia o la venganza son actitudes que cultivan los seres humanos.

En aquella guerra se quemaron ciudades, murió mucha gente y todo el mundo se arruinó. Poco después, cuando llegó la paz, el consejo del país se reunió para encontrar soluciones a los problemas de la población.

–El territorio donde vive Sinad está lleno de recursos. Se habla de la existencia de unas minas y de una cantera, y los bosques que lo rodean darían madera para construir casas y leña para calentarnos ahora que llega el invierno –sugirió uno de los consejeros.

–Pero ese territorio es impenetrable mientras viva allí el monstruo...

–¿Y si lo echáramos? ¡La tierra pertenece a los hombres, no a los monstruos! Es de justicia que seamos nosotros, los humanos, quienes dispongamos de sus recursos.

Uno de los consejeros aún fue más lejos:

–¿Y si Sinad no existe? ¿Y si se trata de una leyenda? ¡Ninguno de nosotros lo ha visto nunca!

–Entonces no hay más que discutir –decidió el presidente del consejo–. Sea real o una fantasía, el monstruo debe marcharse y devolvernos lo que nos pertenece.

–¿Y si existe y no quiere marcharse?

–En ese caso, tendremos que matarlo.

El maltrecho ejército que seguía en pie tras la larga guerra destinó todos sus efectivos a la misión de buscar a Sinad y exterminarlo. Los soldados tenían miedo, claro. A todos ellos, de pequeños, los habían alertado de la peligrosidad del bosque del monstruo y de las terribles consecuencias que se podrían derivar de encontrarlo y enfrentarse a él.

–Mi abuela me contó que su bisabuela se lo había encontrado un día. Me dijo que tenía la boca enorme, que todos los dientes parecían colmillos y que le brotaba sangre como si fuera una fuente.

–Mi padre cuenta que su abuelo también se lo encontró un día. Fue testigo de cómo Sinad luchaba contra un león y lo agujereaba con su reluciente cornamenta.

–Dicen que se come a los niños. Que tiene las mandíbulas tan grandes que ni siquiera debe masticarlos: ¡se los traga enteros!

Los altos comandantes también habían oído historias funestas del monstruo. Sin embargo, no se dejaron vencer por las habladurías y animaron a los soldados a ser valientes y a luchar no solo contra Sinad, sino también contra sus propios miedos. En primer lugar, rodearon el bosque por el norte, el sur, el este y el oeste, y se establecieron hileras de hombres armados a lo largo del perímetro con el objetivo de disparar si el monstruo pretendía huir. Después, una vez elegidos los luchadores más sagaces y preparados, formaron cuatro batallones que se adentrarían en el territorio del monstruo y se dedicarían a asediarlo, a reducirlo y, si no entraba en razón, a liquidarlo.

Así lo hicieron. Atentos a cualquier ruido o movimiento, caminaban concentrados unos junto a otros. El que iba delante, armado con un machete, cortaba las ramas o las raíces de los árboles para facilitar la circulación de sus compañeros. Si un pájaro sobrevolaba las copas más altas o un animalillo huía entre las zarzas, todos se asustaban.

Pero poco a poco, los soldados se fueron relajando; el terreno que pisaban no resultaba inhóspito ni temible, sino todo lo contrario: descubrieron claros gigantescos inundados de naturaleza y dorados por el sol; plácidos estanques de aguas limpísimas, donde nadaban parejas de patos y lustrosos peces plateados. También les sorprendió la cantidad de frutas dulcísimas que colgaban de las copas de los árboles y que ellos devoraban con fruición. Allí se concentraban docenas de especies de aves y fértiles zonas húmedas. Nada que ver con lo que se esperaban encontrar: cuevas lúgubres, campos arrasados, sombras indómitas y árboles muertos. No, allí, en el bosque de Sinad, la naturaleza crecía libre y frondosa, y se podría vivir y cultivar perfectamente. Justo en medio del bosque, donde se imaginaban que vivía el monstruo maligno, se alzaba una pequeña colina frondosa y verde desde la que caía con estrépito un salto de agua espectacular, cuyo fragor congregaba a su alrededor a infinidad de pájaros y mariposas.

La idea la tuvo el más bregado de los soldados:

—Yo me quiero quedar a vivir aquí. No estoy dispuesto a luchar en más guerras ni a ponerme a las órdenes de más militares. Si estáis de acuerdo con lo que os digo, tengo un plan para mejorar nuestra vida.

Por la noche, aquel soldado salió del bosque. Exhausto, casi desnudo y fingiendo rasguños y heridas en todo el cuerpo, relató la situación que había vivido a los altos comandantes que esperaban en la retaguardia.

–*No hay un monstruo, sino muchos. Deben de ser hijos de Sinad. Han devorado a todos mis compañeros y no ha quedado ni uno solo. ¡Este bosque está maldito! Es un charco inmundo lleno de sangre y de vísceras. Yo soy el único que ha logrado escapar y ahora os pido que me dejéis morir en casa, al lado de mi mujer y de mis hijos. Olvidaos de la misión de recuperar el bosque, señores. No tentéis la suerte y ahorrad la desgracia al resto de soldados y aldeanos.*

Tambaleándose en medio del ejército en retirada, el soldado llegó a su casa y se encerró allí. Alertó a su mujer y a sus hijos para que, disimuladamente, fueran a las casas de los demás soldados que estaban en el bosque y avisaran del plan que habían tramado. Durante dos días, los familiares de los héroes supuestamente muertos a manos de los monstruos se mostraron llorosos y abatidos, y anunciaron a sus vecinos que iban a abandonar la ciudad para olvidar la tragedia. Una noche, cargando a hombros algunas herramientas y acompañados de unos cuantos animales, dejaron atrás el pueblo, siguiendo las indicaciones del soldado mensajero. De madrugada, llegaron al bosque de Sinad y se adentraron en él. Allí, en uno de los claros, los esperaban sus maridos y padres, vivos y felices, y allí mismo empezaron a construir un pueblo, a cultivar un huerto, a pescar y a cuidar un rebaño. Jamás volvieron a recibir órdenes de nadie y las mismas familias se pusieron de acuerdo para establecer unas leyes, unas obligaciones y unos deberes, que regirían la nueva comunidad.

–*¿Y si algún día se nos aparece Sinad, padre?* –*preguntó un niño la primera noche que pasaron en su nuevo y próspero hogar.*

–*Si algún día ves al monstruo, hijo mío, dale las gracias. Del hecho de que exista depende nuestro futuro.*

Y, colorín, colorado, este cuento se ha acabado.

* * *

Para salir del campo, hay que hacer largas colas y pasar controles. Debes tener los papeles en regla, debes llevar un documento que acredite tu identidad y la de tus hijos y no puedes introducir ni sacar algunos objetos y productos especificados en unas listas pegadas a las paredes del puesto fronterizo. Cuando sales, te dan un número, que tienes que entregar al volver. Cada día permiten salir a unas mil personas.

Mi madre pretende ir a la capital conmigo y con mi hermana mayor, mientras mi padre, mi abuela y mi hermana pequeña se quedan en la tienda. Todo el mundo sabe que es impensable abandonar el pobre asentamiento donde vivimos los refugiados, aunque solo sea durante unas horas. Alguien debe quedarse en el lugar que te corresponde, por muy miserable que sea, porque si lo abandonas, te arriesgas a que alguna unidad familiar recién llegada lo ocupe y te lo quite. Cuando alguien se apodera de un lugar, se convierte en su dueño, y a menudo es gente desesperada (más que nosotros) que lo defiende con uñas y dientes (y también con navajas o armas de fuego que entran a escondidas en el campo). A la familia de Landro le ocurrió en Moria: a causa de una urgencia médica, sus padres, su hermano y él tuvieron que trasladarse a un hospital. Su madre estaba muy enferma y todos decidieron acompañarla. Sus padres no se sintieron con fuerzas para dejar a Landro y a su hermano pequeño solos en el campamento sin saber cuántos días iban a ausentarse. Así pues, se marcharon los cuatro y, tres días después, cuando volvieron a su barraca, vieron que se había instalado allí una familia de siete miembros. Una familia beligerante, sin escrúpulos y armada hasta los dientes. Está prohibido disponer de armas de fuego, claro, pero la gente se las ingenia para saltarse la ley e incumplir la norma.

Cuando nos levantamos, todavía está oscuro. En un infiernillo, caliento tres escasas raciones de leche en polvo. En cada cuenco, deshago un cuscurro de pan seco: nuestro desayuno de todos los días. Salimos de la tienda a oscuras y recorremos en silencio el camino hasta las puertas del campo, guiándonos por la luz de las farolas encendidas gracias a unos generadores que hacen un ruido espantoso y que solo funcionan unas horas al día. Todos nos hemos acostumbrado al estruendo. Todos nos hemos acostumbrado a muchas cosas.

Cuando llegamos a las puertas del campo, el sol todavía no ha asomado por el horizonte, pero la cola de gente que quiere salir ya es larguísima. La mayoría son mujeres y algunas van cubiertas con hiyab o burka. También hay hombres jóvenes, niños y algún anciano.

Mi hermana y yo esperamos sentados en el suelo, al lado de nuestra madre, a que la cola empiece a moverse. Estamos muertos de sueño, de frío y de hambre. Mi hermana recuerda el último cuento que nos contó ayer la abuela para pasar el rato.

—Al principio eran relatos de su infancia —dice nuestra madre—, pero últimamente estoy convencida de que se los inventa. ¡Menuda imaginación tiene!

La abuela es la madre de mi padre, pero desde que se quedó viuda vive con nosotros y se lleva muy bien con mi madre. Siempre la llama «hija». A nosotros también nos habla de sus hijos, en plural, aunque en realidad solo tiene uno.

Poco después de que amanezca, los policías abren las puertas del campo e instalan las mesas donde los funcionarios escriben los registros de la gente que sale. La cola avanza lentamente.

Cuando nos llega el turno, mi madre enseña los documentos y rellena una hoja de papel, donde apunta el día, la hora y el motivo de la salida. Después nos dan un número. Una vez completado el trámite, avanzamos unos metros y nos cachean. Ha habido tantos problemas con los policías que cacheaban a las mujeres y las niñas que ahora se encargan de hacerlo agentes femeninas: nos dividimos en dos colas, una para hombres y otra para mujeres; la de los hombres, la mía, es relativamente rápida. Un tipo me manosea sin miramientos. Palpa especialmente las zonas donde puedo llevar cosas escondidas (bolsillos, zapatos, cinturón). La cola de las mujeres va más despacio: a las funcionarias les resulta más complicado escudriñar y registrar algunos vestidos largos hasta los pies y con más capas que una cebolla. Mi madre y mi hermana visten a la manera occidental. Siempre se han vestido igual, aquí y allí. Mi abuela es la única de la familia que todavía lleva ropa antigua, como de otra época.

Una vez que cruzamos la reja, empieza el trayecto hasta el puerto de la ciudad de Mitilene. Siempre hay taxistas o conductores con coche propio que esperan a la gente y ofrecen sus servicios por un módico precio. Por muy baja que sea la tarifa después de regatear, la mayoría de las familias no dispone del dinero que piden los chóferes. La única alternativa es recorrer los cuatro kilómetros a pie o bien esperar, pacientemente, los poquísimos autocares que salen del campo a horas concretas.

Siempre nos encontramos con algún conocido que hace el mismo camino, y mi madre se distrae charlando. De vez en cuando, coincidimos con chavales de nuestra edad, incluso de nuestra pandilla, y entonces el tiempo pasa volando. A menudo nos encontramos a Abbas y Nasir, mis vecinos, y chutamos una pelota mientras andamos.

Cuando llegamos al puerto de Mitilene, pasamos por delante de las primeras cafeterías y comercios. Los que procedemos del campamento acostumbramos a cruzar la ciudad por en medio de las calles, no por las aceras. Un día, mi hermana le preguntó a mi madre por qué no caminábamos por la acera para mirar los escaparates de las tiendas.

–¡Porque somos muchos y atascaríamos las calles y las entradas a los comercios!

Sé que mi madre no contestó de manera sincera. Y lo sé desde el primer día que la acompañé a comprar a Mitilene y coincidimos con los griegos que viven allí. Muchos deben de haber nacido y vivido toda la vida en la ciudad; trabajan, se casan y tienen hijos allí. Para ellos es su residencia, el lugar donde pasarán toda la vida, no como nosotros, los refugiados, que solo estamos de paso. Para nosotros, esa ciudad no significa nada: es un espacio de tránsito que intentaremos borrar de nuestra memoria en cuanto nos marchemos. Para ellos, en cambio, Mitilene lo es todo. Ellos ya estaban allí cuando llegamos y se quedarán allí cuando nos vayamos.

Por eso, a muchos griegos les molestamos. No les gusta vernos caminar por sus calles ni que entremos en sus tiendas. Grupos de hombres mayores sentados alrededor de una mesa en una cafetería del puerto jugando al dominó; amas de casa ajetreadas con la cesta del mercado; niños que salen del colegio con la mochila a la espalda... Muchos nos miran mal. Muchos se lamentan de nuestra presencia. Muchos tenderos nos niegan el saludo cuando les decimos *Kalimera* («buenos días», en griego) al entrar en sus comercios. Algunos nos rehúyen la mirada. Otros cuchichean cuando acabamos de pasar. Los más atrevidos no pueden contenerse y nos increpan sin cortarse ni un pelo.

—¡Malditos vagabundos! ¡Moros piojosos! ¡Volved a casa y dejad de ensuciar nuestra ciudad, demonios!

Algunos insultos los entiendo porque los dicen en inglés. Pero como muchos otros comentarios los hacen en griego, no puedo saber qué dicen. Mi madre nos obliga a caminar deprisa, sin detenernos. Vamos directamente a las tiendas, compramos lo que necesitamos, si podemos pagarlo, acudimos a la sede de alguna ONG de ayuda humanitaria si hay que hacer algún trámite y enseguida reculamos y, cargados, nos dirigimos a pie al campo.

—¡Parémonos a tomar un helado, mamá! ¡O sentémonos en una terraza a beber un refresco, por favor! —pedía antes mi hermana.

Un día de verano, mi madre se mareó a causa del calor. Le dio tiempo a decirme que necesitaba descansar. La agarré por el brazo y la hice sentarse en la acera, no en medio de la calle, para que no la atropellara un coche. Mientras ella permanecía sentada con la espalda apoyada en la pared, yo la abanicaba con un prospecto de propaganda y mi hermana, arrodillada a su lado, le pasaba un pañuelo por la frente.

Nadie se detuvo a preguntar si necesitábamos ayuda. La gente pasaba por delante de nosotros sin inmutarse. De repente, apareció una conocida que, como nosotros, regresaba a Kara Tepe. Le contamos que nuestra madre no se encontraba bien y que se había puesto blanca como la pared. Como ni nosotros ni ella llevábamos agua, esa conocida entró en un bar que había cerca y pidió agua para mi madre. Torciendo el gesto, la camarera llenó un vaso de agua del grifo y salió del local para comprobar que era verdad lo que le decía esa mujer.

Mi madre seguía sentada, medio inconsciente. Sin un atisbo de compasión, la camarera se agachó y dejó el vaso en el suelo al lado de mi madre, como si fuera un perro sediento al que ofreciera un cuenco.

Érase una vez un rey muy generoso y lleno de bondad que se había ganado con justicia el aprecio de su pueblo. Su deseo era mantener su reino en paz, la ciudadanía bien avenida y que nadie sufriera por falta de casa o de comida. Su palacio era una fortaleza lujosa y bien abastecida, pero del mismo modo que él quería vivir bien, procuraba que sus súbditos también lo hiciesen. Las calles estaban limpias, en las fachadas de las casas y de los edificios nunca faltaba una mano de pintura. De las fuentes brotaba agua clara y potable, los parques y los jardines estaban bien regados y no había animales abandonados, porque en cuanto nacían les buscaban un dueño.

Un día, en las puertas del reino aparecieron tres vagabundos. Contaron a los guardias que venían de lejos, que eran muy pobres y que habían padecido sed y hambre durante el largo camino para llegar allí. No tenían dinero, ni más ropa ni calzado que el que llevaban puesto. Pedían caridad para dormir unas cuantas horas en un lecho, una jarra de agua y un mendrugo de pan. El guarda les preguntó qué pretendían hacer allí y si conocían a alguien o tenían algún pariente que pudiera acogerlos. No, los tres vagabundos no conocían a nadie por aquellos lares. El guardia envió un emisario al palacio para informar de la presencia de aquellas tres personas y de su ruego.

El emisario real llegó con la orden de permitirles la entrada. Un cortejo de tres guardas escoltó a los recién llegados hasta una modesta casa, donde los recibió la anciana que la regentaba. Una vez dentro, la mujer les ofreció una comida caliente, una jarra de agua y otra de vino, y, al terminar, les dio permiso para asearse en el patio dentro de un cubo de madera con una pastilla de jabón perfumado.

Acto seguido, les ofreció un jergón de paja en el interior de la casa, donde los tres descansaron del largo viaje a pie.

Cuando se despertaron, era plena noche. El sueño fue reparador y los tres extranjeros celebraron la suerte que habían tenido al ir a parar a aquella ciudad tan limpia y pacífica, y al ser recibidos por aquella mujer tan servicial y acogedora. Uno de ellos, el más joven, se levantó para ir a orinar a la letrina. Antes de llegar, descubrió a la vieja durmiendo en una mecedora frente a una puerta cerrada. Por debajo de la puerta se distinguía un extraño resplandor que dejó desconcertado al extranjero: lo que se escondía allí no podía ser un jardín, porque era noche cerrada y la luz del sol aún no había hecho acto de presencia. Tampoco era posible que la llama de una lámpara brillara tanto como aquella luz dorada. ¿Qué hacía allí la vieja? ¿Qué demonios custodiaba o protegía?

Después de hacer sus necesidades, el extranjero volvió a pasar por delante de la vieja durmiente y se aventuró a poner una mano sobre el pomo de la puerta y a girarlo para comprobar si se abría. Lo hizo con mucha cautela y con miedo a despertar a la mujer.

La puerta no estaba cerrada con llave. A través de una rendija, el joven vislumbró el interior de aquella singular estancia: ante sus ojos se exponía el tesoro más grande que se pueda imaginar.

Docenas de ánforas de barro cocido y docenas de cofres abiertos contenían los objetos más maravillosos que había visto en su vida: centenares de monedas esparcidas alrededor de lingotes de oro; jarrones, medallones, cálices, cubertería y joyas.

Había figuras de dioses y de atletas o ninfas esculpidas en oro y plata; bustos de personas y de animales recubiertos de piedras preciosas; espadas, puñales y sables con empuñaduras de diamantes. Todos los objetos relucían como si saliera luz de su interior, pese a que la estancia apenas estaba iluminada con unas cuantas velas y un par de antorchas en la pared.

Ante aquella visión fastuosa, el joven casi se quedó sin aliento. Con los ojos como platos, compasó la respiración mientras calculaba el valor de todo lo que había expuesto allí. Temiendo despertar a la vieja y temblando como una hoja, entornó la puerta antes de regresar al cuarto del jergón, donde dormían sus amigos.

–¿Qué te pasa? –le preguntó uno de ellos–. ¡Parece que hayas visto al demonio!

El muchacho les contó exhaustivamente la experiencia que acababa de vivir. Los otros dos lo escuchaban, medio incrédulos y medio boquiabiertos. El más viejo sugirió que tal vez solo hubiera sido un sueño y todas aquellas maravillas solo existieran en la mente cansada del compañero que daba fe de ellas. Pensaron que seis ojos ven más que dos, y entonces el segundo vagabundo hizo el mismo trayecto que el primero hacia la letrina. Vio a la vieja durmiendo plácidamente y, al igual que su compañero, abrió con cautela la puerta para descubrir que el tesoro estaba allí y existía de verdad. Lo corroboró el tercero unos minutos más tarde. Impresionados por el hallazgo, los tres hombres acordaron matar a la vieja, robar el tesoro y dar un vuelco al rumbo de sus miserables vidas.

No sabían a quién pertenecía aquella modesta morada ni quién era, por tanto, el dueño del tesoro. La vieja debía de ser la guardiana protectora, pero seguro que no era la propietaria.

–Matándola a ella –sugirió el más viejo de los vagabundos– no vamos a conseguir nada. Primero deberíamos averiguar de quién son los bienes y las joyas.

Al amanecer, la vieja entró en el cuarto donde yacían los tres hombres para darles los buenos días y servirles un discreto desayuno antes de que se marcharan.

–Señora –dijo el más viejo de los tres–. Estamos muy agradecidos por el trato que hemos recibido, pero llevábamos tantos días famélicos y cansados que puede que la comida nos haya sentado mal y tenemos el estómago revuelto. Le rogamos que solicite a quienquiera que nos haya ofrecido tan amable acogida que nos permita descansar un día más en estos jergones. No le pedimos más comida ni bebida, pero sí unas horas más de descanso antes de continuar nuestro camino.

La vieja dijo que se lo preguntaría a su señor y salió de casa. Los tres enfermos imaginarios se organizaron enseguida. Uno de ellos, el más joven, siguió a la mujer por las calles para descubrir quién era el propietario de aquella casa aparentemente humilde. Los otros dos corrieron hacia la estancia donde se guardaba el tesoro y la encontraron cerrada a cal y canto.

–Tendremos que esperar a que nuestro amigo vuelva con noticias. Si la vieja recibe el consentimiento de esa persona tan rica, esta noche decidiremos cómo actuar.

Al vagabundo más joven no le costó seguir los pasos de la mujer, que, vestida de negro de pies a cabeza y con la ayuda de un bastón, cruzaba las calles de la ciudad a primera hora del día rodeada de otros transeúntes: comerciantes, mercaderes y amas de casa cargadas con cestas. Todo el mundo parecía contento. Las calles estaban limpias como una patena y se respiraba un ambiente de concordia y armonía.

La vieja llegó a las puertas del palacio del rey y el guarda de la puerta la recibió con una reverencia antes de dejarla entrar.

«¿Al palacio? ¿El dueño del tesoro será el mismo rey o alguien de su familia?», pensó el espía. Al cabo de un rato, la vieja salió y desanduvo el camino hasta su casa.

–Pueden quedarse otra noche –informó a los extranjeros–. Si mañana se encuentran mejor después de una jornada de reposo, mi señor les agradecerá que abandonen la casa para poder acoger a otras personas necesitadas.

–Debemos andar con ojo –argumentó el más viejo de los tres en cuanto la mujer se marchó–. Tenemos que robar el tesoro esta misma noche. No podemos arriesgarnos a que quien venga después de nosotros caiga en la tentación de quedárselo.

–¿Y si es del rey? –sugirió el más joven–. ¿Y si es él en persona quien ha dado el consentimiento a la petición que le hemos hecho a la vieja? No está bien hacer daño a quien pretende ayudarte.

–¿Ayudarnos? ¿Darnos un jergón para dormir dos noches es ayudarnos? Nos ayudaría si nos ofreciera oro y riqueza para no tener que volver a la mala vida que llevamos...

No les daba tiempo a organizar un robo como habían planeado al principio: en tan pocas horas era imposible conseguir un carruaje tirado por caballos para cargar la totalidad del botín.

–Tenemos unas cuantas horas para ir a buscar capazos y sacos. Los llenaremos con lo más valioso de la estancia, y el resto, las monedas y las joyas, nos las meteremos en los bolsillos.

A media tarde, informaron a la anciana de que se encontraban mejor y de que saldrían a estirar las piernas. En el mercado, robaron unas cestas y se las escondieron debajo de las capas antes de entrar en la casa. La vieja les había preparado una cena ligera, que los tres hombres regaron con agua y vino. Fingiendo

que dormían en el jergón, esperaron a oír los ronquidos de la vieja, que, como la noche anterior, se había quedado dormida en la mecedora delante de la puerta.

Matarla no resultó difícil: el más joven, espoleado por los otros dos, la estranguló apretándole fuerte el cuello con las dos manos. Sus compañeros se acercaron cuando el cuerpo ya yacía en el suelo y abrieron la puerta. Dentro no había nada. El espacio que la noche anterior estaba repleto de oro y de objetos preciosos en aquel momento no era más que una habitación oscura y vacía, sin ningún mueble.

–¿Qué demonios pasa? ¿No nos habremos equivocado de estancia?

Los asesinos recorrieron la casa y abrieron todas las puertas: no encontraron absolutamente nada. Aquella humilde morada no contenía ni un solo objeto de valor.

–¿Quién se lo ha llevado? Y ¿cuándo?

Volvían a estar en la sala del tesoro y se dieron cuenta de que estaba cubierta de polvo y de telas de araña. Hacía años que nadie entraba en ella y era imposible que la noche anterior hubiera acogido todas aquellas riquezas.

–¡Lo vimos los tres! –exclamaban los vagabundos–. ¡Seis ojos fueron testigos!

En aquel momento solo tenían unas cestas vacías y un cadáver: eran igual de pobres que antes y, además, se habían convertido en unos asesinos.

Sin entender qué había ocurrido, decidieron huir enseguida. Se pusieron las capas y los zapatos, dispuestos a salir a la calle. Era una noche muy oscura.

–Nos dirigiremos a las puertas de la ciudad y les contaremos a los guardas que somos tres pobres vagabundos a quie-

nes la amable ciudadanía ha dado refugio durante dos días y que ahora retomamos el camino. Cuando mañana encuentren el cuerpo de la vieja, ya estaremos lejos.

Pero nada más abrir la puerta de entrada, se llevaron una sorpresa: las calles y las casas habían desaparecido. No había nada. Inmóviles en el umbral de la puerta, los tres descubrieron que el lugar que los acogía era una especie de islote flotante en medio del espacio. A sus pies se extendía una superficie vaporosa, una niebla densa y oscura: fuera de la casa se abría un precipicio.

–¿Qué demonios nos está pasando? ¿Dónde estamos?

No estaban en ninguna parte. Pobres y asesinos, finalmente habían dejado de existir. El más viejo de los tres, abatido, dio un paso adelante y se precipitó al vacío. Los otros dos, abrazados y llorosos, rezaron a Dios para que se acabara aquella pesadilla y aseguraron que estaban dispuestos a pagar por sus pecados. El mayor, que era tuerto, reveló que aquello era un castigo por su vida de crímenes y fechorías, y, arrepentido, se lanzó de cabeza a la nada, al igual que su compañero.

El joven, Ahmed, se quedó solo. Había tenido mala suerte en la vida. Sus padres habían muerto cuando era pequeño y se había criado en un orfanato. Hasta aquel día, jamás había hecho daño a nadie, pero acababa de matar a una persona. Aturdido por el pánico, cerró la puerta que daba a la nada. Se lamentaba por su desdicha y, en un murmullo, suplicaba que el mundo le ofreciera otra oportunidad. «Que todo vuelva a ser como antes, Señor. Que todo haya sido una pesadilla, por favor.» Cerró los ojos con fuerza. Un sudor frío le resbalaba por la frente y le temblaban las piernas. Entonces sintió una especie de mareo pasajero y, de repente, se sintió en paz. Abrió un poco la puerta y comprobó que la ciudad volvía a estar allí.

Se dirigió al cuarto del jergón. La vieja dormía en la mecedora y no se había despertado. Sin hacer ruido, abrió la puerta que custodiaba la mujer y vio una estancia oscura y vacía, débilmente iluminada por una antorcha en la pared. Rendido y desorientado, pensó que todo había sido una pesadilla y dio las gracias a Dios.

Al día siguiente, lo despertó la vieja, que le llevaba un cuenco de leche para desayunar.

—El rey quiere verte —le dijo, y se ofreció a acompañarlo al palacio.

Anduvieron por las calles, que empezaban a llenarse de ciudadanos que iban al mercado, al trabajo o al colegio, y que lo saludaban afectuosamente. El rey lo recibió en un salón decorado con mucho lujo.

—Me han dicho que te llamas Ahmed y que ayer, en las puertas de la ciudad, entregaste a dos experimentados delincuentes que, con sus fechorías, pretendían entorpecer la apacible vida de mi reino. Me han dicho que te los encontraste vagando por los caminos y que te costó mucho reducirlos. Lo conseguiste pese a la cantidad de opio que te obligaron a ingerir para ganarse tu confianza. También sé que llegaste exhausto después de esa proeza y que has podido descansar y recuperar las fuerzas. Necesitamos hombres como tú, Ahmed, dispuestos a defender la honestidad y la paz y a luchar contra la maldad y la mentira. Si tu vida ha estado llena de soledad y de desgracias, como me temo, te ofrezco una oportunidad para rehacerla.

Y, colorín, colorado, este cuento se ha acabado.

2. LA DOCTORA FARUKA

A menudo pienso que el mundo es un estercolero.

Pero también estoy convencida de que, en medio de la basura, flotando entre la fruta podrida, se pueden encontrar pequeñas cosas de valor. Nuestro trabajo, el de todos, consiste en separar lo bueno de la mierda. Descubrirlo, rescatarlo, limpiarlo y ponerlo a salvo en algún lugar pulcro. Con el paso del tiempo, ese nuevo espacio limpio y resguardado se irá llenando de mierda, y más adelante volverá a llegar el momento de revolver la basura y salvar, una vez más, lo que valga la pena. En cualquier caso, esa nueva operación ya será responsabilidad de otro.

No me atrevería a insinuar que soy una pieza de valor ni que alguien me rescató de un estercolero. Sería una falta de modestia y una fanfarronada que no me representa. Solo diré que me convertí en una buscadora de tesoros perdidos en medio de la mierda y que, para llegar a ser lo que soy, alguien tuvo que rescatarme de mi propia bolsa de basura. Mi bolsa estaba en Kabul, en Afganistán, que es donde nací. Un país que sufría una guerra tras otra, una invasión tras otra. Durante mi infancia, viví en una casa modesta. Sin embargo, como mis padres tenían trabajo, pudieron darme la mejor educación. Iba al colegio, tenía amigas, leía libros, salía a pasear. Mi bolsa, pues, no se convirtió en basura hasta el año 1979, cuando los soviéticos invadieron el país, asesinaron al primer ministro y coparon el poder. Entonces, la persona que me rescató fue mi padre. Quiso que gozara de una educación y una libertad que en Kabul no existían. Yo era una niña que brillaba un poco y a la que sacaron de la bolsa de mierda y mandaron fuera del país, de manera caótica y precipitada. Y sola, sin la compañía ni la protección de quienes siempre la habían cuidado. La siguiente bolsa de basura estaba en Irán, que en aquella época no apestaba tanto como la afgana. Mi tía, hermana de mi madre, se había instalado allí cinco años antes con su marido oriundo. Ella me acogió, y yo, siguiendo las instrucciones de mis padres, procuré no darle quebraderos de cabeza. Al contrario, me convertí en una niña responsable, obediente, trabajadora, estudiosa y sacrificada. Mis tíos ejercieron de padres protectores y agradecidos: no tenían hijos y yo no fui un estorbo. En la Universidad de Teherán destaqué entre mis compañeras y entonces mi tío, que era un hombre bien posicionado, consiguió que me dieran una beca para ir a estudiar a París, en Francia, durante dos años. La bolsa de basura francesa no tenía las mismas características que la afgana y la iraní. Era más espaciosa, más limpia, más fuerte y más resistente. Era más práctica, más ordenada, e incluso olía bien. También estaba llena de mierda, claro, pero no tenía la forma de la miseria, la violencia, la corrupción o la injusticia. La mierda francesa contenía indiferencia, racismo y xenofobia, pero para una chica espabilada y consciente como yo, todo aquello se combatía con firmeza, mimetismo y solidaridad.

Mi país, al que regresaba de vez en cuando, se corrompió definitivamente con la llegada al poder de los talibanes. Aquellos hombres barbudos se comportaban como animales en nombre del profeta. Todo el mundo salió perdiendo. Pero las mujeres fueron las más perjudicadas. Creyéndolas indignas a ojos de Alá, las leyes de aquellos salvajes trataron de volverlas invisibles: cubiertas de pies a cabeza, encerradas en casa a cal y canto, sin permiso para llevar a cabo actividades tan sencillas como ir al colegio, hacer deporte o salir a la calle. «No sabemos cómo va a evolucionar –me dijo mi padre–, pero no parece ir por buen camino.»

Terminé los estudios en París, encontré trabajo en el hospital de la Pitié-Salpêtrière y me asaltaron muchas dudas sobre mi futuro. ¿Qué debía hacer? ¿Volver a Irán o al Afganistán de los talibanes? ¿Desvincularme de mi mundo y quedarme a vivir en Europa? ¿Renegar de mis orígenes, olvidar a mi familia y mis costumbres y convertirme en una profesional francesa? Y entonces apareció otra persona buscadora de tesoros entre la mierda y me liberó de la bolsa de basura parisina. Se llamaba Tanos Tarsiki, era griego, compañero mío en la universidad, tenía cara de cuscurro de *baguette* y fue el primer y el único amor de mi vida. «Tal y como está el panorama, Faruka, lo mejor es que nos casemos y vayamos a vivir a mi país.» Y eso hicimos.

Desde luego, fueron los años más felices de mi vida. Vivíamos en Atenas y trabajábamos en el hospital psiquiátrico que, en aquella época, dirigía mi cuñado, el hermano mayor de Tanos. Después llegó la enfermedad, el cáncer devastador que se llevó a mi marido con solo cuarenta y siete años, cuando yo ya me había establecido por mi cuenta como psiquiatra infantil. Grecia aún no se había convertido en una bolsa de mierda, al menos la Grecia en la que yo vivía, primero con Tanos y luego sola. Cada dos años, desde que estaba en Atenas, visitaba a mis padres en Kabul, libre ya de los talibanes, y mis tíos de Irán me visitaban a mí. Acostumbrábamos a alquilar un apartamento en la isla griega de Lipsi, cerca de la costa turca, en el archipiélago del Dodecaneso, y allí pasábamos siete días en verano. «Vuelve a casa –me suplicaba mi tío tras la muerte de Tanos–, no nos gusta nada que te quedes aquí sola, en un país que no es el tuyo y sin nadie a tu lado.» Pero yo ya me había convertido en una rastreadora de mierda, al igual que él antaño o mi difunto marido. En aquella época, me encargaba de limpiar los estercoleros que algunos adolescentes tenían en la cabeza. Más tarde, empujada por un sentimiento extraño, una mezcla de melancolía y desubicación, contacté con una ONG que se había trasladado a la isla de Lesbos, primero a Moria y después, cuando aquel campo de refugiados se quemó, a Kara Tepe. Allí, según me contaron y según comprobé yo enseguida, el estercolero griego era inmenso, incontrolable, pestilente y desesperante. Una enorme y apestosa bolsa de mierda sometida a presión.

Es difícil descubrir cuál es tu lugar en el mundo. Para nosotros, los buscadores de joyas entre la mierda, ese lugar acostumbra a encontrarse donde hay más basura y suciedad.

Los jóvenes refugiados que llegan a Lesbos desde distintas partes del mundo vienen cargados de problemas. La mayoría han pasado por situaciones límite en su país de origen o durante la travesía para llegar hasta aquí. Muchos se muestran deprimidos, desorientados, incapaces de ver una luz de esperanza en la situación que viven ellos y su familia. Algunos llegan solos, otros se quedan solos aquí porque se mueren sus padres o sus hermanos.

Esos adolescentes han sido apartados brutalmente de su hábitat tradicional (su pueblo, su casa, su escuela), alejados de las personas con las que habían establecido vínculos afectivos (familia, amigos, profesores) y forzados a vivir en comunidad en un espacio y con una gente que les resultan ajenos y desconocidos. Lo más normal es que ese proceso de cambio vaya de mal en peor: su situación anterior (previa a la guerra, al desastre o al exilio) era mejor que la actual. Esa regresión los confunde y los desalienta. Tienen la sensación de que no lograrán salir adelante. De que van a tener más miedo y más hambre del que ya sufren; de que el día de mañana será más incierto e inseguro.

Los cuadros clínicos que presentan son complicados. Algunos, como en todas partes, son más fuertes y más resilientes. Pero los pusilánimes y los débiles de espíritu degeneran rápidamente en estados mentales inestables que les provocan apatía y, a menudo, pérdida de autocontrol. Por eso tienden a hacerse daño, a lesionarse a sí mismos o a intentar herir a otras personas. La violencia no solo está presente en su vida, sino también en el interior de su cerebro. Piensan que no hay nada que hacer, que todo es negro y que lo más fácil es terminar de una vez por todas con esa situación.

Ninguno de los casos que traté en París o en Atenas tuvo nada que ver con mis pacientes de Lesbos. Muchos de ellos ni siquiera son conscientes del trastorno que sufren, y tampoco sus familiares. A menudo acuden al hospital de campaña para tratar una diarrea o una herida externa, y entonces mis compañeros detectan que, en realidad, el problema no es el que los ha obligado a ir a la consulta, sino otro más grave y estructural, que yo soy la experta en sanar. Resulta difícil explicarles que lo que les sucede no solo se cura con un producto astringente, un antibiótico o una sutura, sino que todas esas reacciones físicas que presentan en realidad son una señal del gran dolor que se oculta en su cabeza.

KARIM

Si le preguntáramos a Karim qué es un hogar o cómo definiría «su casa», nos costaría mucho entender su respuesta. Tiene dieciocho años, es afgano y nació en un campo de refugiados en Pakistán. Sus padres y su hermana mayor tuvieron que huir en la época de los talibanes y encontraron refugio, junto a miles de personas, en Jalozai, a 35 kilómetros de la ciudad de Peshawar. Allí nació él, en medio de aquel caos urbanístico y emocional que durante muchos años ni siquiera fue reconocido por ACNUR[1] como campo de refugiados y, por tanto, no recibía alimentos en condiciones, ni servicios sanitarios profesionales, y donde los miles de refugiados debían sobrevivir como podían.

En el año 2000, cuando se cerró el campo definitivamente, la familia de Karim fue repatriada. Las tropas pacificadoras americanas y europeas habían echado a los talibanes y decenas de miles de personas regresaron a sus poblaciones de origen para intentar recuperar todo lo que habían dejado atrás: sus casas, sus huertos, sus trabajos. Pero todo había cambiado. El pueblo de la familia de Karim había sido arrasado y ya no quedaba en pie ni una de las casas adonde pretendían volver los refugiados.

---

1. ACNUR: Alto Comisionado de las Naciones Unidas para los Refugiados. Es una especie de agencia de la ONU para los refugiados.

Entonces tuvieron que montar una especie de campo improvisado a las afueras del pueblo.

Karim recuerda las paredes de lona de la tienda donde vivía. También el frío de los inviernos y las hogueras que encendían a primera hora para que los hombres pudieran calentarse un té antes de salir a buscar trabajo. Karim recuerda que rehuía a los otros niños, vecinos a quienes no conocía, y que observaba cómo al anochecer los hombres que habían salido a primera hora de las tiendas regresaban agotados y desfallecidos después de pasar una intensa jornada fabricando ladrillos a mano, cavando una zanja o construyendo una carretera.

De ahí que Karim no tenga ninguna conciencia de «tener un cuarto», «ir a la escuela», «trabar una amistad» o «conservar un juguete». Aquella manera de vivir «pies, ¿para qué os quiero?» duró unos tres años, según las cuentas del muchacho, y entonces, agotados, famélicos y desesperanzados, sus padres decidieron marcharse de allí y buscarse la vida en algún lugar donde hubiera posibilidades de salir adelante. Ese lugar, poco concreto y bastante indeterminado en la mente de Karim, se llamaba Europa. Primero creía que se trataba de una ciudad. Después pensó que era un país. La cuestión era llegar allí y salvarse.

Los años siguientes fueron de tránsito. Mientras tanto, él crecía y se convertía en un adolescente. Caminatas interminables, escenas de violencia de las que huían enseguida (si podían), hambre, estafas, llantos y desesperación. Evidentemente, durante aquellos años de peregrinación, Karim no tuvo ningún cuarto, ni ningún amigo, ni ninguna escuela, ni ningún juguete. A menudo se detenían y, junto con otras familias, montaban un campamento a las afueras de poblaciones donde les ofrecían empleo. Desde muy pequeño, empezó a trabajar con su padre y, por eso, con dieciocho años, tiene las manos llenas de callos y llagas.

No acabaríamos nunca el relato de las desgracias y los sufrimientos que había padecido un chico tan joven. Las primeras veces que nos sentamos juntos en el modesto espacio que he convertido en mi consultorio en el campo, Karim enseguida me dijo que no recordaba nada de lo que había vivido desde que nació. Que todo era triste, pero que ya había pasado. Era como si le diera pereza contármelo. Como si pensara que era una pérdida de tiempo (tanto para él como para mí) repetirlo.

—Ahora estoy aquí y tengo un problema.

El «problema» era bastante curioso: cada dos o tres días, Karim se olvidaba de quién era y no recordaba qué cosas debía hacer ni cómo. Sus padres, que hablaban en farsi conmigo, estaban muy preocupados.

—De repente, se detiene, se queda como ausente. No reacciona a su nombre ni a nuestras palabras. Se nos queda mirando sin saber qué hacer o qué decir. Si consigue vocalizar alguna palabra, porque a menudo se olvida de que sabe hablar, nos trata de usted. Algunos días no conseguimos que se levante del colchón. Es como si no supiera ponerse de pie. Después, al cabo de un rato, se le pasa y vuelve a ser él. Al principio, no le dimos importancia. El pobre ha sufrido mucho desde que nació y pensamos que era posible que estuviera agotado de haber vivido experiencias tan duras. Sin embargo, nunca ha sido un niño débil. Al contrario: Karim siempre nos ha ayudado con todo y se ha espabilado. Por eso, las primeras veces, lo dejábamos salir de la tienda e ir a trabajar, si en aquel momento tenía trabajo, o pasar un rato con sus amigos. Pero un día se perdió, y otro no supo volver a casa, y otro tuvimos que ir a buscarlo a una comisaría de Mitilene porque lo habían metido entre rejas pensando que era un ladrón.

Karim no opuso resistencia cuando su madre decidió que había que consultar a un médico. Es un chico alto y delgado, con la piel de un color tostado muy bonito, y tiene un poco cara de cerilla. Durante la primera entrevista, se comportó con amabilidad, aunque no dio demasiada importancia al «problema» que tenía.

—Ya se me pasará. Supongo que es cuestión de buscar el equilibrio. A veces las cosas no me salen bien y me agobio.

Fue complicado indagar en su pasado, en las experiencias vividas, así como profundizar en las cosas «que no me salen bien». Sin embargo, el segundo día presencié en directo uno de sus lapsus. Después de charlar un rato, le ofrecí una manzana. Una colega me había dejado esa fruta encima de la mesa y observé que él la miraba de vez en cuando.

—¿Tienes hambre? ¿Te apetece comerte la manzana? Yo ya he desayunado.

Él aceptó la invitación y la cogió. Le dio un par de mordiscos, mientras yo revisaba las escasas notas que había tomado a mano en mi libreta. De pronto, me di cuenta de que Karim se había quedado quieto con la manzana en la mano. Me miraba frunciendo la frente y las cejas, como si de repente no comprendiera qué ocurría allí.

—¿Estás bien, Karim? ¿No te gusta la manzana?

No dijo nada, y la expresión de extrañeza de su rostro no cambió.

—¿Quién es usted? —me preguntó.

—Soy la doctora Faruka. Tú y yo estábamos charlando tranquilamente.

A continuación, se le cayó la manzana de la mano y no hizo ademán de recogerla. Bajó la mirada, observó la fruta a sus pies, pero no se movió. La mano que había sujetado la manzana seguía en la misma posición con la que la había sostenido.

—Se te ha caído la manzana, Karim.

Levantó la mirada para mirarme, pero no reaccionó.

Quise incorporarme, y entonces se le tensó el cuerpo, como si mi movimiento lo hubiera asustado y pensara que tenía intención de agredirlo. Hice un gesto de calma con las manos y me quedé sentada. Confirmé que su expresión de extrañeza se había transformado en una de terror: Karim estaba muerto de miedo.

—¡No se mueva! —me dijo gritando—. ¡No se me acerque o le haré mucho daño!

—Nadie quiere hacer daño a nadie, Karim. Estoy aquí para ayudarte. ¿Puedes hablar? ¿Entiendes lo que te digo?

—¿Dónde estoy? ¿Quién es usted?

—¿Dónde estás tú? ¿Dónde crees que estás? ¿Qué te da miedo, Karim? ¿Puedes contestarme? No te quiero hacer daño, solo quiero que me digas dónde estás y qué se te pasa por la cabeza.

—¿Dónde estoy? ¡No sé dónde estoy! —se sulfuró.

—¿Necesitas ayuda? ¿Te gustaría que alguien te escuchara o te hiciera compañía?

—¿Alguien? ¿Qué es alguien? No hay nadie. ¡Nunca hay nadie! ¡Me cuesta respirar, caramba!

Recibimos fármacos (con cuentagotas) de Europa y Estados Unidos. Los ansiolíticos de los que disponía sirvieron, temporalmente, para encontrar aquel «equilibrio» que buscaba Karim. La medicación no era suficiente ni tampoco era la solución al problema. Pacté con su madre que yo le proporcionaría las pastillas a condición de que el chico viniera todas las semanas a la consulta para entrevistarse conmigo. La segunda semana ya no se presentó, ni tampoco la tercera. Entonces, una tarde me acerqué a su casa. Los médicos no podíamos hacer esa clase de visitas privadas. Se había establecido que los refugiados no tendrían relación con los sanitarios fuera de las paredes del hospital de campaña, y que del resto de actuaciones o de servicios se encargarían los cooperantes, que ejercían de mediadores entre los pacientes y nosotros. Pero eso me acompañó Maruja, una voluntaria española con cara de corazón de alcachofa que conocía a la familia y ayudaba en el sector del campo donde malvivían.

La madre de Karim lamentó que su hijo no hubiera cumplido su parte del trato. Dijo que ella no sabía nada y que pensaba que su hijo me visitaba cada semana. «¿Dónde está ahora?», le preguntó Maruja. La mujer nos dijo que Karim se encontraba con su padre reparando un techo que se había caído en el almacén donde se recibía la ayuda humanitaria.

—Si no lo encontramos allí —le dije en farsi a la mujer—, cuéntale que he venido a buscarlo. Si quiere curarse, debe ir a verme enseguida.

—Él dice que ya está curado. Hace semanas que «eso» ya no le pasa.

—No está curado —le aseguré a aquella mujer, que tenía cara de cacahuete.

El chico bajó del tejado donde trabajaba por la escalera que habían apoyado en la pared en cuanto Maruja, a gritos, le ordenó que se nos acercara.

—¡Karim, demonios! ¡Baja inmediatamente si no quieres que suba yo y te arrastre por la oreja! —le gritó en un inglés rudimentario pero efectivo.

Iba todo cubierto de polvo, hasta el pelo, y se había hecho un arañazo en la mano que alguien le había curado de cualquier manera y tapado con unos retales de tela sucia.

—Y, cuando termines, ¡ve enseguida al dispensario para que te curen esa herida antes de que se te infecte!

Karim y yo nos separamos unos pasos y mantuvimos una breve conversación.

—Aunque no te haya vuelto a pasar gracias a las pastillas, tu «problema» no está resuelto. Y el día menos pensado volverás a tenerlo. Y puede que entonces ya no queden pastillas, chico. Hay que arreglar lo que te pasaba y, como ya lo he dicho a tu madre, no basta con los ansiolíticos.

—Tengo mucho trabajo, señora Faruka. Las horas que usted trabaja en el hospital yo tengo que estar aquí, ayudando a mi padre. Si me hubiera encontrado mal, ya habría ido a verla, se lo prometo.

—Insisto: no estás curado. Tienes que visitarme antes de que el «problema» se vuelva a manifestar. Entiendo lo de los horarios. Hagamos otra cosa: ven a verme a mi casa, esta tarde, cuando hayas terminado de trabajar y hayas pasado por el dispensario para desinfectarte la herida. ¿Entendido?

—Pero...

—Nada de peros.

A veces, ocurre que las soluciones a los problemas no se encuentran donde las buscamos al principio. A menudo, también ocurre que esas soluciones son mucho más sencillas de lo que pensábamos.

Karim llegó a mi casa bastante tarde, cuando ya era de noche y Muriel y yo nos disponíamos a cenar. Por la expresión de paloma sedienta que puso al ver a la chica, comprendí que su aspecto lo había impresionado. El muchacho susurró una excusa por llegar a esa hora, pero yo lo hice pasar y le dije que podía quedarse a cenar con nosotras. Rechazó la invitación y dijo que su madre lo esperaba.

Muriel llevaba casi un año viviendo conmigo. Había llegado de Burdeos, en Francia, como voluntaria. Sola, con solo diecinueve años. ¿Cómo puede una chica tan joven atreverse a dejar los estudios y a su familia para ir sola a Lesbos? He conocido a más de una como ella. Los motivos que tienen para emprender la aventura siempre son múltiples: por una parte, las motivaciones sociales, la solidaridad, las ganas de ayudar y de luchar contra las injusticias. Por otra, las motivaciones personales: jóvenes que necesitan darle un sentido a su vida.

Muriel estaba cursando Enfermería en Burdeos y nos entendimos enseguida, no solo para colaborar en el hospital de campaña, sino también porque nos comunicábamos en francés. Se alojaba en un apartamento pequeñísimo con otras voluntarias y siempre se quejaba de la estrechez, de la convivencia y de la distancia entre su piso y el campo. A menudo tenían problemas para llegar, o se veían obligadas a retrasarse más de lo que deseaban y, por esa razón, no podían llevar a cabo las tareas planificadas, no eran capaces de atender a algunos pacientes o, incluso, debían lamentar la muerte de alguien a quien no habían podido cuidar. Y eso les causaba muchos remordimientos y no contribuía a seguir adelante.

De ahí que le ofreciera a Muriel que se mudara a mi casa. Yo resido en los bajos de un edificio que se ha construido junto al campo. Es un bloque de pisos sencillos, pero relativamente cómodos y aseados. Muchos de los médicos vivimos aquí. Arreglando cuatro cosas, conseguí liberar una habitación y ahora tanto Muriel como yo tenemos un espacio independiente y nos las apañamos de maravilla.

Aquella noche, me di cuenta de que sería imposible conversar con Karim si Muriel andaba por ahí poniendo la mesa y terminando de preparar la cena. Los ojos del chico apenas conseguían fijarse en los míos: cualquier ruidito, cualquier movimiento que hacía la chica al entrar o salir del salón lo desconcertaba y perdía la concentración. Entonces tramé un plan.

–Te veo despistado, Karim –le dije–, y me temo que la causa es mi compañera de piso.

Se puso rojo como un tomate y bajó la mirada, farfullando una excusa.

–No te preocupes: Muriel no entiende nuestra lengua y no sabe que estamos hablando de ella. El caso es que me preocupa que no hayas venido a verme, porque sé que la enfermedad no ha remitido a pesar de la medicación. Y ahora te daré una orden que, si no cumples, haré como Maruja: iré a buscarte al trabajo y te llevaré al hospital agarrado de la oreja. Y le pediré a Muriel que me acompañe, para que te avergüences aún más de tu actitud. ¿Entendido? ¿Cuándo puedes pasar por la consulta? Día y hora. Contéstame ahora mismo.

Antes de despedirse, Karim me prometió que al cabo de dos días iría a verme. Sin atreverse a mirarla a los ojos, le dijo adiós a Muriel y se marchó.

Dos días después, mientras Muriel y yo estábamos en la consulta vacunando a residentes, Karim, dio unos golpecitos en el plástico de la tienda para avisarme de que había llegado. Le hice un gesto con la mano para que entrara. Antes de contestar, echó un vistazo al interior y descubrió a Muriel. Repetí el mismo gesto, pero no se movió. Entonces me puse de pie y, con los brazos en jarra y cara de mala uva, insistí por tercera vez. Cabizbajo, Karim entró y yo le guiñé un ojo a Muriel.

—Llegas en un mal momento —le anuncié—. Tenemos que poner la vacuna del covid a toda esta gente antes de que las dosis se estropeen. Hagamos una cosa —le propuse—. Sabes un poco de inglés, ¿verdad? Pues mi compañera y tú iréis a hacerme un recado.

El chico se quedó quieto y no supo reaccionar.

—Me han dejado salir del trabajo para venir a curarme... —balbuceó.

—Y de eso se trata.

—Pero...

Muriel se había quitado la bata blanca que llevaba cuando estaba conmigo en la consulta, se había puesto el chaleco reglamentario de cooperante y lo esperaba en el umbral de la puerta.

—Anda. No la hagas esperar, que tenemos el tiempo justo —le dije, empujándolo con cierta rudeza hacia la salida—. Confío en ti para que la protejas mientras estéis fuera.

Aquel primer día sirvió para romper el hielo entre los dos jóvenes. Muriel me contó que había tardado un buen rato en conseguir que Karim se abriera un poco con ella: no solo tenía prejuicios porque a) era una mujer; b) era una desconocida; c) era europea; d) era un poco mayor que él, y e) era enfermera, sino que, además, era la ayudante de la médica que iba a curarlo. Cuando Muriel rompió la barrera de la desconfianza, le preguntó por esas ausencias o lapsus que sufría de vez en cuando y que preocupaban a su familia. La chica descubrió que, aparte de sus padres y de la médica, nadie lo sabía.

—¿Y por qué no se lo has contado a nadie?

—¿A quién quieres que se lo cuente? No me relaciono con nadie.

—¿Y tus amigos?

—No tengo amigos —dijo el chico.

Según Muriel, Karim llevaba años evitando mantener un contacto estrecho con la gente de su edad. Todo había empezado cuando regresaron a Afganistán después de malvivir en el campo de refugiados afganos en Pakistán. Allí había decidido que no podía confiar en nadie («Alguien debió de hacerle daño», sugirió Muriel) y por eso se negaba a mantener relaciones de amistad con otros niños. También le confesó que su familia no lo sabía y que, cuando decía que se iba a jugar o a pasear con sus amigos, en realidad iba a aislarse a lugares abandonados y solitarios y dejaba pasar el tiempo hasta la hora de volver a la tienda.

Aquellas revelaciones corroboraban mi intuición y, consecuentemente, la validez de mi terapia. Mantuve un par de conversaciones más con Karim en la consulta (también conseguí unas cajas de medicación que lo ayudaban), pero, sobre todo y gracias a la colaboración de Muriel, fomenté sus encuentros, que se volvieron casi diarios. Llegó un día en que ni a ella ni a mí nos extrañó que Karim estuviera esperándola en la puerta de casa para ir a dar una vuelta. Desde el hospital firmé un montón de solicitudes para que les permitieran salir del campo e ir juntos a Mitilene para conseguir cualquier cosa que, en teoría, nos resultaba indispensable para el trabajo en el hospital de campaña. Muriel no fue testigo de ninguna alteración en la conducta de Karim. Por fin, el chico tenía una amistad.

Fuimos reduciendo la medicación. A través de Muriel, Karim tuvo un trato más o menos estrecho con otros chicos: Abdullah y su hermana, Hamir, Sadira, Mila o Ahmed, ese niño excéntrico con cara de castaña. Muchos de ellos habían sido, o todavía eran, pacientes míos. Estaba claro que la compañía de gente de su edad resultaba más eficaz que cualquier tratamiento farmacológico y más efectivo que cualquier terapia.

Sin embargo, ocurrió algo que yo no había tenido en cuenta. O, en tal caso, resultó más desgarrador de lo que me había imaginado. Karim se enamoró de Muriel. Como cualquier primer amor, aquel sentimiento desató un huracán de emociones en el joven que lo conmocionaron de una manera impensable. Como diría la literatura romántica más ramplona, enloqueció por amor. No podía dormir, le costaba comer, no quería ir a trabajar, no se concentraba en las tareas que le encargaban. Era como si el enamoramiento lo hubiera sacudido por dentro y ya no pudiera volver a ser como antes.

Por otra parte, mi auxiliar se alarmó porque, como suele ocurrir también, ella no correspondía al chico. Muriel había querido ayudarlo (y lo había conseguido), pero en su corazón no había crecido la semilla del amor. «No, Faruka –me dijo un día–, Karim no es el tipo de persona que querría tener a mi lado toda la vida.»

Una tarde que vino a buscarla, ella se encerró en su cuarto, sin querer verlo, y yo hablé durante mucho rato con él.

–Eres muy joven, Karim, y Muriel no es de aquí ni tiene claro cuánto tiempo se va a quedar en Lesbos. Lo que te pasa es perfectamente normal, pero debes reconocer que también es lógico lo que le pasa a ella. Habéis construido una bonita amistad, y Muriel y los demás han conseguido que te encuentres mejor y que se te centre la cabeza y no te provoque malestar. Debes valorarlo positivamente. Pero ahora todo se ha complicado por la cuestión de los sentimientos. El objetivo es que eso que sientes por ella no arruine todo lo que se había arreglado con la amistad y la compañía.

—Yo la amo, doctora Faruka, pero ella a mí no. Eso me destrozará la vida.

—No puedes culparla a ella, Karim. Lo que tú sientes te pertenece a ti y debes aprender a gestionarlo sin echar balones fuera. Estoy convencida de que Muriel te apoyará, si te parece bien que sea tu amiga, pero no podrá ayudarte si la obligas a mostrar algo que no siente. Reconozco que antes tenías un problema y ahora te has encontrado con otro muy diferente, Karim. Pero es tuyo, no de Muriel. Y yo estoy aquí para ayudarte, como siempre.

Poco después, Muriel decidió cortar lazos con Karim. Al cabo de una semana, tuvimos que ingresar al chico en el hospital por una crisis grave de angustia que lo había llevado a autolesionarse.

—¡Quiero morirme! —gritaba—. ¡Solo os pido que me dejéis morir!

Yo me sentía un poco responsable, y eso me pesaba. La manera de pensar de su padre complicaba la situación.

—¡Sé perfectamente que han paseado juntos muchas veces! ¡Mi hijo la ha elegido como mujer y usted tiene la obligación de facilitarlo!

—Pero ¿qué dice usted? ¿De qué obligación me habla? Estamos en Europa, señor, en pleno siglo XXI. ¡No pretenda hacer las cosas como se estilaban en nuestro país hace cincuenta años!

Karim estuvo cinco días en el hospital. Mis compañeros y yo le dábamos apoyo, medicación y terapia. Lo atendimos en la medida de lo posible, claro, porque los casos y las urgencias clínicas en un campo de refugiados, dada la falta de camas y de medios técnicos y profesionales, son constantes e imprevisibles. Muriel colaboró en la recuperación de Karim y él, pese a todo, supo reconocer su dedicación.

–Es mi enfermera personal –decía a los médicos y a los otros pacientes.

Curiosamente, la proximidad de la chica le sentó bien. Ya no le reprochaba nada, ni le hablaba del desengaño de un amor no correspondido. Mi compañera de piso, que al principio se había convertido en la causa de su derrota, de repente se transformó en la razón de su mejora.

Un día, observé cómo Muriel, vestida con la bata blanca, inclinaba el cuerpo sobre el de Karim, que estaba tumbado, y le daba un beso fugaz en la frente.

OMAR

A Omar lo traté en el ya desaparecido campo de Moria. Resulta complicado describir una cárcel dentro de un campo de refugiados. Y lo es porque cuesta imaginarse que pueda existir un espacio de castigo y reclusión forzada dentro de un lugar en el cual, de entrada, nadie querría vivir. Los presos aspiran a salir en libertad. La libertad, en el campo de Moria, era otra clase de cárcel. La gente malvivía hacinada en un desorden de construcciones miserables, con acceso restringido al agua potable, con graves problemas de alumbrado y sumido en un caos constante de violencia, pillaje y desesperación. Eso era la «libertad». Esa era la pinta que tenía. Entonces ¿cuánto peor podéis imaginaros que era la cárcel?

Si los médicos y los voluntarios podíamos acceder a Omar era por una cuestión de edad: solo tenía quince años. Para cualquiera es triste pensar que un niño de esa edad pueda no albergar esperanzas de futuro y que todo el tiempo que le queda por vivir, que en teoría es mucho, pueda pasarlo encerrado, castigado, maltratado y sufriendo. Las autoridades del campo pensaban igual que nosotros: era de justicia tratar el caso de Omar de manera distinta a la de los demás presos privados de libertad en Moria.

El primer día que fui a visitarlo a la cárcel, estaba avisada. Un voluntario holandés me había puesto al corriente: «Con quince años, ese chico se ha cargado a más gente que aquel chiflado de *Los Soprano*». Omar era un asesino confeso, pero habíamos decidido ayudarlo. O, por lo menos, darle las herramientas emocionales para que pudiera vivir en cautividad y alejado de sus instintos depredadores.

Siempre recordaré las primeras palabras que le oí decir.

–¿Quién es esta perra? –preguntó, nada más verme, al guardia que lo había acompañado adonde yo lo esperaba.

A pesar de mis protestas, este decidió quedarse con nosotros durante la entrevista. Omar no dijo nada más, no contestó ninguna de mis preguntas. Durante aquella media hora, me miró fijamente a los ojos sin dejar de sonreír. Al guardia, aquella reacción no lo sorprendió en absoluto: «No hay nada que hacer, doctora. Es un caso perdido». Pero una rescatadora de basura no tira la toalla antes de tiempo. Y, aunque al principio mis monólogos, los dibujos, los juegos y las amenazas no sirvieron de nada, una tarde todo cambió.

–Doctora Faruka –me advirtió el guardia cuando, el segundo día, llegué a la nave donde me esperaba Omar–, aquí no puede entrar el perro.

A mis pies había un perro. Teóricamente (según conté en voz alta para que Omar me oyera bien), el animal me había seguido.

No lo había visto en la vida. Debía de tener hambre o necesidad de compañía.

–Entonces ¿no es suyo? –preguntó el hombre–. Y ¿qué hacemos con él? Si lo dejo fuera, la seguirá en cuanto usted vuelva a salir.

–¿Sabe qué hay que hacer con los animales que no tienen dueño? –le pregunté.

–Matarlos –dijo él–. Si le parece bien, lo llevaré a sacrificar.

–De acuerdo. Ocúpese usted, por favor.

El perro tenía las orejas levantadas y, desde el umbral de la puerta, observaba a Omar, que estaba sentado en una banqueta de madera, mirándolo.

–¿Lo van a matar? –preguntó con un hilo de voz. Era la primera vez que abría la boca sin soltar un insulto o una palabrota.

–No es asunto tuyo –le contestó el guardia, mientras apartaba al perro de la puerta a patadas.

–Este animal no pertenece a nadie –observé yo–. Nadie lo alimenta ni lo quiere. ¿Qué sentido tiene que esté vivo?

Omar hizo un gesto con la mano para llamar la atención del perro. Al mismo tiempo, yo hice señas al funcionario de que no impidiera que el animal entrara en la nave y se acercara a Omar. El perro se aproximó a él y le olfateó los dedos. Él se atrevió a acariciarle la cabeza.

–Qué hambre tiene.

–¡Pronto dejará de tenerla! –se burló el hombre.

Abrí mi bolsa y saqué un mendrugo de pan.

–Me ha sobrado un poco de pan del desayuno –anuncié.

–¿Se lo puedo dar? –preguntó Omar.

Aquella tarde no volvió a dirigirme la palabra, pero me escuchó (o fingió que me escuchaba). El perro se quedó con nosotros, tumbado a sus pies, comiéndose las migas del pan que había devorado.

—Hoy tampoco hemos avanzado demasiado –me lamenté, mientras me ponía de pie para marcharme. El perro se levantó enseguida–. Espero que el próximo día tengamos más suerte.

—¿Lo llevará a sacrificar? –preguntó.

—Yo no puedo tenerlo en casa. Nadie quiere este perro.

—No deje que lo maten. Yo puedo cuidarlo.

—Aquí los perros están prohibidos.

Omar no me miraba a mí, sino al animal, pero de una manera especial. Nunca le había visto aquella mirada.

—¿Usted no puede quedárselo?

—¿Yo? ¡Ni hablar! Nadie debe de querer ese perro.

—Pues por eso. Me da pena.

Me acostumbré a pasar por la barraca de la señora Sinad para recoger al perro antes de ir a la cárcel. Era suyo, claro. El primer día me lo prestó para hacer el experimento que tan bien había funcionado.

—¡Lo ha traído! –exclamó Omar al día siguiente, cuando me vio entrar con el animal.

—Me dio pena sacrificarlo –le confesé.

—¿Se lo ha quedado?

—Temporalmente. Como me dijiste que te harías cargo de él, te lo guardaré hasta que salgas de aquí.

—No voy a salir nunca –aseguró, acariciando al perro.

—Con esta actitud, seguro que no. Yo puedo ayudarte, por eso vengo a verte. Si tú no sales, no podré quedarme el perro.

Narrar todo lo que me contó Omar durante las sesiones posteriores sería largo y duro. Enseguida averigüé que se consideraba malvado. Decía que se merecía todas las cosas terribles que le habían pasado en la vida, porque, de algún modo, él mismo las había provocado. Yo intentaba hacerle entender que seguramente se equivocaba y que se sentía así por las circunstancias en las que había nacido y crecido.

–No. Soy malvado por naturaleza –insistía.

–Deja a la naturaleza en paz. Si a mí me hubiera tocado vivir lo que has vivido tú, pensaría lo mismo. Y me habría vuelto loca.

–Yo ya estoy loco. Todo el mundo lo dice.

Había nacido en Afganistán (por eso nos entendíamos en farsi), en un hogar extremadamente pobre. Su padre no solo mató a su mujer, sino que también abusó de sus tres hijos. Su agrupación familiar era tan marginal que nadie fue testigo de los abusos ni de los malos tratos. Según Omar, a los diez años, su padre lo vendió a un yihadista que lo tenía esclavizado. Cuando se hartó, Omar lo mató. Fue su primera víctima. No tuvo remordimientos. Al contrario: pensó que había cometido un acto de justicia. Otro yihadista lo llevó a un campo de entrenamiento donde preparaban a los niños para matar y morir. Omar puso en práctica la primera de las enseñanzas un montón de veces. Pero no aprendió a morir, como el único compañero que recordaba haber tenido en la vida, Sahib. «Él sabía matar y también supo morir», me explicó, mientras describía cómo su amigo se había convertido en un mártir. El propio Omar había presenciado cómo el cuerpo de Sahib estallaba en mil pedazos a causa del cinturón de explosivos que le habían atado a la cintura el día que se acercó a una furgoneta llena de soldados americanos.

Lo rescató una patrulla española el día que desmantelaron la célula terrorista donde se encontraba. Lo mandaron a un campo en Pakistán junto con otros niños esclavos liberados. Allí había nacido su fama de sanguinario. «Decidí que nunca más me iban a despreciar», me dijo.

Bajo coacciones brutales (apenas tenía trece años), consiguió que una mujer pakistaní lo hiciera pasar por su hijo a la hora de intentar huir y llegar a Europa. Una vez en Turquía, ella lo denunció y entonces empezó su periplo de internamiento en cárceles, primero turcas y después, cuando se escapó y llegó a Grecia, griegas.

El tercer día, Omar había preferido quedarse con hambre para poder llevarle un poco de comida al perro. Este se comió en un abrir y cerrar de ojos todo lo que le había dado.

–No vuelvas a hacer eso. La comida que te dan es para ti –le advertí–. Yo lo alimento bien. No sufras por él.

La cuarta visita se produjo en la enfermería sucia y repugnante de la cárcel del campo de Moria: unos presos habían violado y apaleado a Omar hasta que casi lo mataron.

–¿Y el perro? –me preguntó a través de la rendija sangrienta en la que se había convertido su boca.

–No me han permitido entrar aquí con él. ¿Quién te ha hecho eso?

Él esbozó un gesto con la mano, como si quisiera restarle importancia.

Por mucho que presioné a las autoridades del penal, no logré que detuvieran ni que castigaran a los culpables de aquella brutal agresión.

–No se haga mala sangre, doctora –me dijo–. Estas cosas pasan todos los días.

Las rastreadoras de mierda nunca tiramos la toalla, como ya he dicho antes. Arreglar el desbarajuste que hay en la cabeza de Omar le costará muchas más lágrimas de las que ha derramado hasta hoy, y muchas horas de terapia. Por ahora, he conseguido dos cosas: la primera es que aquí, en Kara Tepe, Omar ya no está en un módulo para adultos, sino en uno para niños y jóvenes. Ha trabado amistad con algunos de los chicos que malviven allí, y también con algunos de los padres. Omar colabora en tareas de limpieza y en el comedor.

La segunda es que le dejan tener el perro en el módulo. Otros niños tienen gatos, y él tiene un perro. La señora Sinad me lo regaló. «Ya estoy harta de este chucho», me dijo.

–Ahora que es tuyo, tendrás que ponerle un nombre –le sugerí.

–Lo llamaré *Salvado*. Porque eso es lo que ha hecho usted, salvarlo.

–Quien lo ha salvado has sido tú. Yo solo te lo guardaba.

–Sin él no podría vivir.

Ahora, por fin, tiene alguien que lo quiere y lo cuida.

SADIRA

La primera vez que vi a Sadira, estaba tumbada en una litera con ruedas en la parte del hospital de campaña que se usa como urgencias. La acompañaba su madre, una mujer gorda y silenciosa con cara de manzana asada. Por aquel entonces, Sadira tenía catorce años y, por segunda vez en un mes, había intentado suicidarse. Si en la primera ocasión lo probó cortándose las venas de cualquier manera, esta vez lo había intentado golpeándose la cabeza contra una pared. Su madre, pobre mujer, se preguntaba cómo una niña de catorce años podía hacerse daño de manera tan brutal. «¿Qué se le habrá pasado por la cabeza antes de abalanzarse como una loca contra la pared? ¿Usted lo entiende, doctora?»

Yo no entiendo todo lo que pasa por la mente de los jóvenes enfermos, pero he sido testigo de tantos episodios de esta clase que nada me extraña. Ya nada me sorprende ni me maravilla. Ocurre y punto. En cualquier caso, mi trabajo es procurar que no vuelva a ocurrir.

Sadira es una niña juiciosa y responsable en lo que atañe a la vida en el campo. Ayuda a su madre a cuidar a sus hermanos, colabora preparando las comidas frugales que toma la familia, dedica un rato todos los días a enseñar y leer a sus hermanos pequeños y es de las que echa una mano cuando su padre y su hermano mayor la necesitan para llevar a cabo tareas de reconstrucción de la barraca después de un aguacero o de una fuerte ventada. Tras su segundo intento de quitarse la vida, la puse en contacto con Mila, una chica del campo que estuvo en tratamiento conmigo, y ella la ha introducido en el reducido círculo de sus amistades de Kara Tepe. Gracias a eso, durante algunos ratos tiene trato con gente de su edad. Sin embargo, lo que está claro es que Sadira no es una niña feliz, porque de vez en cuando prefiere estar muerta que viva.

Sadira es originaria de Siria. Su familia y ella se escaparon de la cruenta guerra y, como la mayoría de los sirios que están en el campo, han vivido una verdadera epopeya para llegar a Lesbos. No desean quedarse aquí, claro. Su padre tiene un hermano que años atrás emigró a Suecia y pretenden llegar a Estocolmo. Como muchos de sus compatriotas, se han quedado atascados en la isla a la espera de los visados, los permisos de asilo y los trámites de la burocracia. Como todos, son gente muy pobre y desahuciada, que intenta llegar a un país rico que, de entrada, no quiere acogerlos, y viven con un temor perpetuo a ser deportados.

–Si estuviéramos allí, en Suecia, Sadira no tendría estos problemas –me dijo un día su madre.

–Pues no sé qué decirle, señora. Suecia tiene un índice de suicidios bastante elevado. Quizá no tan alto como el de Ucrania o Bielorrusia, pero muy superior a la media europea. Procuraremos curar los males de Sadira aquí y no esperar a que todo se resuelva allí.

Sadira, que era obediente y centrada, caía inesperadamente en unos estados depresivos profundos que nos desconcertaban. Cuando superaba una de aquellas crisis, la chica era bastante capaz de analizar todo lo que le había ocurrido durante el proceso (cómo había empezado, por qué niveles había transitado y cuáles habían sido las consecuencias), pero le resultaba imposible evitar otro nuevo episodio: no podía preverlo con antelación ni pedir ayuda o avisar a la gente más cercana. Esta impotencia para predecir sus ataques la desalentaba.

Durante aquellos episodios, Sadira se autolesionaba. De nada le servía tener la cabeza bien centrada ni su forma de ser cauta y planificadora. Cuando se le nublaba la mente, tendía a atentar contra su integridad física. No mostraba ninguna clase de duda antes de hacerlo ni ningún arrepentimiento después.

–Has salvado la vida por segunda vez –le dije el primer día–. Te has fracturado no sé cuántos huesecitos del cráneo, pero has sobrevivido.

Ella se limitó a encogerse de hombros. Nos entendíamos medio en árabe (su lengua materna) y medio en inglés. Entre nosotras, el lenguaje no verbal era muy importante: la mímica e incluso las miradas o los silencios nos ayudaban a comunicarnos.

Desde entonces, Sadira y yo hemos charlado mucho. Normalmente, durante la terapia, me acompaña una intérprete del árabe. Que haya una intermediaria entre médica y paciente no es lo ideal, pero el caso de esa chica me preocupa y mi objetivo es sanarla para que, inteligente y espabilada como es, tenga posibilidades de seguir adelante y llegar a Europa continental en condiciones. A los rastreadores de estercoleros nos duele no poder rescatar una joya que, fuera de la bolsa de mierda, no solo brillaría por sí sola, sino que también haría resplandecer a quienes la acompañan.

Un día, atónita, descubrí que había un período de su pasado que no aparecía en las conversaciones. Su familia y ella habían huido de Alepo tras los primeros bombardeos. Lograron subir a una caravana de autocares de las Naciones Unidas y salir del país con la esperanza de encontrar algún lugar seguro donde vivir. Aquel viaje duró muchos días y constó de muchas etapas. «Era como si no fuera a terminarse nunca», en palabras de Sadira. Pero, un buen día, se detuvieron. Y pasaron seis meses en un lugar que la chica no quería nombrar. O quizá no podía revelar su nombre: siempre que llegábamos a aquel punto del relato, la respiración se le agitaba, se atragantaba, tosía y después se quedaba callada. Cuando retomaba sus recuerdos, ya habían transcurrido seis meses y volvían a viajar en un vehículo con una dirección incierta.

—¿Dónde vivisteis durante aquellos seis meses de parada? ¿Quién os acogió y dónde?

Sadira nunca contestaba mi pregunta. Me daba la impresión de que un escalofrío le recorría el espinazo y el cuerpo le temblaba a ojos vistas. Esa reacción duraba muy poco tiempo, pero no me pasaba desapercibida. Un día, cuando aún estaba ingresada en el hospital, vino a visitarme una amiga médica y me enseñó un informe espeluznante. En una revisión completa y exhaustiva llevada a cabo tras el accidente de la pared, habían descubierto que Sadira había sido forzada sexualmente. Y no una vez, sino muchas y con cierta regularidad.

El equipo médico puso en marcha todos los protocolos necesarios para investigar qué sucedía cuando se descubría un caso así. Aislaron a Sadira e iniciaron una investigación confidencial, secreta y restringida, empezando por su entorno más cercano. Hablaron con sus padres, sus hermanos y sus vecinos. Les preguntaron a quién frecuentaba Sadira; adónde iba cuando no estaba en casa, con quién podía mantener relaciones de espaldas a todo el mundo. Mientras tanto, yo era la única que hablaba directamente con ella, quien hurgaba en sus heridas, quien le proponía sincerarse y delatar los abusos. Enseguida nos dimos cuenta de que tanto el equipo que investigaba como yo misma fracasábamos en el objetivo de descubrir la verdad.

Y, entonces, vinieron a visitarnos Mila y la señora Hadis, quien le hace de madre, y la mujer me confesó, sin demasiado énfasis, que un día, en medio de una discusión banal, Mila había sugerido que Sadira tenía un problema. Y que ese problema era su padre.

–Yo no le presté demasiada atención, doctora Faruka –me dijo la señora Hadis, frotándose los ojos con un pañuelo–. Mila y yo estábamos discutiendo por una tontería. Le reproché que pasara demasiado tiempo con sus amigos fuera de casa, y ella me dio a entender que si estaba con ellos era para ayudarlos. Que en el campo todo el mundo tenía problemas, y que a veces eran muy graves, como el de Sadira. «¿Qué diantre le pasa a Sadira?», le pregunté yo. Y ella me dijo que el problema era su padre. Pero calló de golpe, como si se hubiera ido de la lengua, y enseguida cambió de tema para volver a la discusión. Hasta que no han venido a verme no había vuelto a pensar en ello, doctora, se lo aseguro.

La policía del campo interrogó una segunda vez y por separado al padre y a la madre de Sadira. Les pidieron que repitieran el relato completo de su trayectoria vital, especialmente desde que se marcharon de Alepo. Y fue justo entonces cuando sus versiones difirieron. Es un misterio por qué ese desajuste no había salido a la luz durante el primer interrogatorio. Seguro que se trataba de una especie de pacto de silencio o de tergiversación que, más tarde, uno de los dos no quiso (o no pudo) cumplir.

—No, mi marido no salió de Alepo con nosotros —explicó, inquieta, la madre de la niña—. Él llevaba dos años trabajando y viviendo fuera de la ciudad. Cuando empezaron los bombardeos, nos ordenó que abandonáramos Alepo enseguida y que nos reuniéramos todos en Damasco. Me dijo que las Naciones Unidas montaban unos convoyes humanitarios para rescatar a los habitantes de las bombas, y mis hijos y yo tuvimos la gran suerte de caber en uno de esos vehículos.

—Usted y sus hijos, pues, no se reunieron con su marido hasta que no llegaron a Damasco.

—Sí, señora. Allí pedimos asilo. Llegamos a Turquía y después a Lesbos.

En cambio, el padre de Sadira volvió a decir que él y su mujer habían salido de Alepo con el convoy humanitario. La niña corroboró la versión de la madre.

¿Por qué mentía aquel hombre? ¿Tal vez porque, cuando se reencontraron en Damasco después de dos años sin verse, percibió que su hija mayor se había convertido en una mujer? ¿Que ya no era una niña? ¿Tal vez porque aquella nueva persona en la que se había transformado su hija le resultaba tan desconocida como atractiva? ¿Cuándo había concebido por primera vez que Sadira le despertaba un instinto seductor?

Poco a poco, todo se aclaró. Era como una flor cerrada que, con la luz del día, despliega los pétalos, se abre y expone toda su magnificencia a ojos de todos. La primera afectada era Sadira, claro. De pronto, veía, entendía y juzgaba lo que le había ocurrido desde que se reencontró con su padre en Damasco. Era difícil de digerir y de verbalizar. El acosador siempre tiende una intrincada red de mentiras, presiones, pactos de silencio y motivos de culpabilidad alrededor de su víctima, especialmente cuando esta pertenece a la misma familia. «Esto tiene que quedar entre nosotros, porque la gente no lo entendería.» «Sabes que te quiero mucho y que nunca te haría daño, ¿verdad?» «¿Qué diría tu madre si se enterara de lo que haces conmigo? ¿No crees que se pondría hecha una fiera?»

Según los resultados de la investigación, la madre no lo sabía, pero quizá lo sospechaba. Sadira no estaba segura. «¿Cómo sobreviviría ella sola aquí, en Kara Tepe, sin su marido? ¿Cómo alimentaría a sus hijos?» Cuando Sadira, siempre con indirectas, intentaba darle a entender que en su casa pasaban cosas que no eran normales, su madre no le prestaba atención o se desentendía.

El hombre fue detenido y encerrado en la cárcel del campo. A Sadira le ofrecieron la posibilidad de ser acogida en una familia de sustitución y agilizar los trámites para conseguir los papeles de asilo y salir de Grecia. Pero ella prefirió volver a su casa.

Mila y ella se han hecho muy amigas. «Creo que estar con ella me hace mucho bien –me confesó un día–. Es como si estuviera protegida y no pudiera volver a pasarme nada.»

* * *

SAFYEH

Una noche, cuando llegué al apartamento, Muriel me esperaba sentada a la mesa con una carta en las manos. En medio del apacible silencio, entre las cuatro paredes del comedor, oía el agua hirviendo en una olla en la cocina.

—Siéntate —me dijo—. Lee esto que he recibido hoy.

La carta había llegado por valija diplomática. Venía de Francia. Mientras yo desplegaba el papel, Muriel empezó a contarme la historia:

—Un compañero del hospital donde trabajaba en Burdeos se enteró de este trabajo. Escribió pidiendo información y, sin consultármelo, presentó mi currículum y les contó dónde me encontraba y qué había hecho durante los últimos meses.

—Debería habértelo consultado...

—Sí, claro, pero Pierre sufre por mi situación en Lesbos. Quizá me he mostrado un poco derrotista en los últimos correos que le he enviado, lo reconozco. El caso es que parece que han valorado mi perfil para una plaza en el CHU de Burdeos, el Centre Hospitalier Universitaire. Me proponen una entrevista urgente.

—Es una buena noticia, Muriel...

—Lee el párrafo final, Faruka —me interrumpió ella.

La dirección del hospital había contactado con el Ministerio de Sanidad francés. Por los datos que había hecho llegar su compañero, supieron que Muriel trabajaba conmigo en Mitilene. «Nos consta que se encuentra en Lesbos colaborando con la doctora Faruka Zahra, que había trabajado en la Salpêtrière de París. Nuestros compañeros de Burdeos disponen de una plaza que encajaría a la perfección con el perfil de la doctora Zahra, ya que está vinculada al área de adolescentes vulnerables que proceden de campos de refugiados y que hablan árabe, farsi y/o francés.»

Muriel y yo estuvimos charlando hasta bien entrada la noche, a la mesa, después de cenar. Nos reímos y lloramos. Dijimos que no y después que sí, y luego nos quedó una duda en el corazón tan grande como un agujero. En mi interior se tambalearon todos los mecanismos, los mentales, los emocionales y los vivenciales. Salimos a pasear de noche, siempre por lugares que no resultaban peligrosos, frente al mar. Hablé con Muriel como si hablara conmigo misma. «Empiezas a ser mayor, Faruka. Empiezas a sentirte sola y, de vez en cuando, un poco perdida.» Siempre he creído que una rastreadora de basura no se rinde nunca, y es verdad. Estoy convencida de ello. Pero también pienso, y lo digo, que, por desgracia, hay mierda en todas partes.

Me fui a dormir con la cabeza nublada y, al día siguiente, me levanté con la sensación de no saber dónde pisaba. Muriel ya estaba trabajando y, al salir de la ducha, mientras me preparaba un café, llamaron a la puerta. Era Maruja, la cooperante española.

—Date prisa en vestirte, Faruka, que tenemos que ir a ver a alguien.

Mientras nos dirigíamos a una zona apartada en su coche, un Corsa muy cascado, del año catapum, le conté todo lo que se me pasaba por la cabeza después de haber recibido la carta de Francia.

—¿Y tú qué quieres hacer? —me preguntó, sin apartar la mirada del parabrisas.

—Me cuesta aceptar que puedo empezar una nueva vida lejos del infierno.

—Yo soy de Murcia, una región de España —me contó con su inglés macarrónico—. Mi tierra, alrededor de Torre Pacheco, es el único lugar del mundo donde está todo: Los Infiernos, El Limbo y El Purgatorio, que son una especie de barrios o de pedanías. Tú debes de haber pasado por todos ellos, ¿o me equivoco? Ahora te toca vivir el último de los dogmas sobre la vida eterna, como diría la Iglesia católica: el Paraíso. En Torre Pacheco no existe, ¡y en Lesbos mucho menos! Quizá esté en Burdeos.

–El Paraíso no existe. Y, si existiera, yo no sabría vivir allí. Soy una buscadora de oro en un estercolero.

–¿Una qué?

Nos dirigimos a una de las zonas donde más miseria había. Centenares de construcciones improvisadas bordeaban un campo raso que hacía de frontera con la nada. Por aquel campo raso, lleno de basura, corrían una legión de niños descalzos perseguidos por gatos salvajes y algunas cabras. Algunos dejaron de jugar cuando reconocieron a Maruja y se acercaron a saludarla y a pedirle chocolate.

–¡Hoy no traigo nada! No tenía previsto venir. Malditos críos...

Les preguntó dónde vivían Safyeh y su familia. Una niña rubia, con el pelo largo y sucio, la agarró por la mano y dijo en inglés que nos acompañaría:

–Yo os llevaré a casa de la santita.

Cuando llegamos a la miserable barraca, Maruja, a gritos y con los brazos en jarra, echó a la gente, especialmente abuelas, que impedía el paso por la puerta.

–¡Todo el mundo fuera! Ha venido la doctora. ¡No quiero ver a nadie por aquí!

No solo se marcharon las mujeres de la puerta, enfurruñadas y con pesar, sino también una docena más, que debían de estar dentro del habitáculo.

–Pero ¿qué demonios es eso? ¿Qué hace toda esa gente aquí dentro? ¡Esto parece la plaza de toros de mi pueblo en días de fiesta nacional!

Arrodillada en el suelo, encima de una alfombra sucia y deshilachada, una muchacha de unos quince o dieciséis años, con cara de perejil, nos miraba atemorizada. En un rincón, había una anciana sentada, envuelta con una manta mugrienta. Maruja hizo un gesto a Safyeh, señalando a la anciana con la barbilla.

–Es mi abuela. No puede moverse –explicó la niña.

–Me acompaña una doctora. Cuando vine a verte la semana pasada, no me contaste nada de lo que te pasa. Hemos tenido que enterarnos por otra gente. ¡Enséñame las manos! –le ordenó.

La niña se las había escondido detrás de la espalda. Pero, poco a poco, las fue acercando a nosotras. Estábamos de pie a su lado. Abrió bien las palmas para que viéramos las heridas.

–¿Cómo te has hecho esas llagas?

La niña no entendió la pregunta.

–¿Cómo te has hecho esto? –insistió la cooperante.

–Se hacen solas. Me sangran las manos.

–¿Cuándo? ¿Por qué te sangran?

Safyeh bajó la mirada sin contestar. Maruja me dirigió una expresión de complicidad. Antes de bajar del coche, me había puesto al corriente del caso de la niña santa, como la llamaban sus vecinos.

–Según ella, tiene visiones sobrenaturales. Parece que Dios, Alá o Yahvé, llámalo como quieras, se le aparece a menudo y le transmite mensajes. Le anuncia cosas, la avisa de no sé qué peligros y le otorga el poder de curar a la gente... Aunque ya digo yo que mejor sería que esa aparición le diera los papeles de asilo para poder salir de aquí, ¿no crees? Parece que todo el vecindario anda revolucionado con el tema de la niña santa. La gente desesperada cree en los milagros –remachó Maruja–, y más en lugares así.

Me arrodillé junto a la niña para inspeccionarle bien las heridas. Se las podía haber hecho con cualquier utensilio punzante. Estaban medio blandas y medio cicatrizadas; aquellos cortes daban la impresión de haberse abierto y cerrado repetidas veces.

–Son estigmas –susurró Safyeh.

–¿Estigmas? –repitió Maruja–. ¡El dolor que tengo yo en los riñones sí que es un estigma! Cualquier día me dará un ataque de ciática y no podré ni moverme.

–¿Algún médico te ha tratado las heridas? Se te pueden infectar. Debes acompañarme a la enfermería para curarlas.

–No son heridas. No me duelen –replicó la niña.

Entonces, sin contemplaciones, Maruja apretó las cicatrices con el dedo pulgar y la niña soltó un chillido de dolor.

–¡Pitando al hospital! –gritó la cooperante, con cara de mala uva–. Le pediré a alguna de las mujeres que hay fuera que se quede con tu abuela.

Pese a la oposición de Safyeh, los médicos le curaron las manos. Las incisiones se habían hecho con un cuchillo poco afilado y posiblemente oxidado, porque las heridas estaban infectadas. Le vendaron las dos manos y después me trajeron a la niña acompañada por una cooperante que hablaba árabe. Empecé preguntándole por su pasado inmediato. Había llegado de Siria una semana atrás. Sus padres habían muerto en un bombardeo. Unas vecinas habían conseguido rescatarla a ella y a su abuela impedida. En tanto que huérfana, tuvo prioridad a la hora de abandonar el país en un convoy humanitario. No quiso quedarse en el campo al que la habían destinado y, después de un montón de meses de espera, ella y su abuela lograron viajar de Turquía a Grecia con la esperanza de obtener un visado de refugiadas. La odisea de viajar en una barcaza desde las costas turcas hasta Lesbos fue tremenda, especialmente para la anciana, que ya no pudo volver a ponerse en pie, y las condujeron al campo.

—Pero aquí, nada más llegar, se me apareció él. Y todo cambió.

—¿Quién es él?

—El profeta. El profeta en persona.

—¿Qué te dijo?

—Me anunció que yo tenía una misión.

—El profeta no sangraba. Fue Cristo, el dios de los cristianos, quien sangró.

—«Te haré sangrar como el dios de tus hermanos cristianos», me dijo. No todos somos árabes en Lesbos. Hay muchos cristianos.

—Lo sé.

Esa era la clave, pensé. La persona que había gestado la fantasía de la santidad de la niña profesaba la fe cristiana. Ese tipo, posiblemente vecino del campo, le había propuesto la mentira para sacar beneficio.

—¿La gente que viene a verte y a rezar contigo te trae cosas? ¿Alimentos, animales? ¿Qué os dan a tu abuela y a ti cuando os visitan? —le pregunté.

—Usted no me cree. Piensa que me lo estoy inventando —dijo ella.

—Yo me creo lo que está delante de mis narices: una niña que tiene miedo y que ha dejado que le hieran las manos. Ahora me gustaría ayudarte, pero para eso necesito saber quién quiere hacerte pasar por una santa poseída.

—El profeta me dijo que mucha gente no me iba a creer. Que debía estar preparada para eso. También me dijo que se va a armar una gorda, doctora Faruka. Una que le va a hacer mucho daño a usted.

–¿Cómo sabes mi nombre? ¿Me conocía el profeta?

–Él lo sabe todo. Sabe que intenta curar el mal que hay dentro de la cabeza de muchos niños. Por eso mismo le digo que pronto pasará algo que no se espera.

Aquella noche, Muriel y yo nos pusimos en contacto por teléfono con la embajada de Francia en Atenas y enviamos unos correos electrónicos a París y Burdeos. La absurda conversación con Safyeh de aquella mañana me afectó más de lo que pensaba. Allí, en el consultorio improvisado y modesto de Kara Tepe, solo sentí pena por la niña y rabia contra la persona o las personas que se aprovechaban de ella. Me confundió el hecho de que supiera quién era yo y a qué me dedicaba, aunque podía habérselo contado cualquiera de los niños de su edad que habían hecho terapia conmigo.

Lo que me decidió a marcharme de Lesbos no fue la revelación de la niña santa, sino la contundencia con la que me condenaba. «Usted sufrirá.» «A usted le pasará algo muy gordo.» Como si se tratara de un destino, de una culpa que yo debía expiar. Como si mi libertad no contara. Como si solo importara mi resignación ante los acontecimientos.

La terapia que podía hacer con Safyeh sería larga y difícil si antes no conseguíamos detener a los culpables que, por medio de coacciones o sobornos o vete tú a saber qué, la tenían esclavizada a la idea absurda de su santidad. Si yo me marchaba de Lesbos, tal y como ya había decidido, la terapia quedaría interrumpida y en manos de algún colega. El estercolero de Lesbos no tenía fin. Todo, siempre, sería más sucio, y más cruel, y más despiadado para los inocentes que viven allí. Si yo me iba, no podría rescatar a la niña, al igual que tampoco había podido rescatar a docenas de enfermos y desamparados que habían vivido en el campo. La rastreadora de mierda dejaría de buscar joyas en la basura (o las iría a buscar a otros cubos en otra parte del mundo), pero no perdería su libertad, sus ganas de seguir adelante, su dignidad ante el prójimo.

La única esperanza que albergaba era que la próxima rastreadora de oro en la basura de Lesbos tal vez ya estuviera allí, tal vez ya había empezado su trabajo sin que yo me hubiera dado cuenta.

Mientras Muriel y yo agilizábamos los trámites burocráticos para emprender el regreso a Francia, no podía quitarme de la cabeza a la niña santa. Había vuelto al campo, con su abuela, y Maruja se había ofrecido para ejercer de mediadora.

–Los primeros días tuve que echar a una legión de mujeres empeñadas en ver a «la santita» y que sus manos sanadoras las tocaran. Más de una vez tuve que usar un palo para ahuyentarlas e impedir el acceso a la barraca. Ahora han cambiado los horarios de visita y se presentan cuando yo no estoy. Algunos vecinos me han contado que por las noches no dejan de desfilar fanáticos. La abuela no puede hacer nada, aunque yo la amenazo con llevarme a la niña.

Una noche, Muriel y yo nos acercamos a su tienda. Los alrededores de la barraca eran un hormiguero, desde luego. Muchas de las personas que estaban esperando llevaban pequeñas velas o ramitas de madera encendidas. No hacían ruido, ni siquiera se oían voces. Se limitaban a esperar, ilusionadas, alguna aparición de la niña o alguna palabra que saliera del interior. Las ofrendas que le traían eran pobres y sencillas: una fruta, un cuenco de arroz, una bufanda. Muriel y yo nos quedamos observando a cierta distancia si alguien se hacía cargo de aquellos míseros regalos, si alguien los guardaba, pero nadie los cogía. Las ofrendas se amontonaban junto a la cortina agujereada que hacía las veces de puerta, iluminadas por una antorcha clavada en el suelo. De repente, Safyeh salió y, de pie en la entrada, bendijo a los congregados. No llevaba las manos vendadas y, en medio de la oscuridad, no pude distinguir si volvía a tener heridas. La gente que estaba de pie se arrodilló. Todo el mundo agachó la cabeza. Se oía, como un murmullo, una especie de plegaria.

Antes de volver a entrar, Safyeh me vio. Dudó unos segundos, pero al final se atrevió a aproximarse a nosotras. La gente se movió un poco para dejarla pasar, mientras buscaba con la mirada, ávidamente, la razón del desplazamiento de la santita.

—Buenas noches, doctora Faruka —me saludó en inglés.

—Veo que casi todo sigue igual, Safyeh.

—Todo se pierde, menos la esperanza —dijo ella—. Sé que pronto se marchará, doctora. Esa es la diferencia: usted tiene un futuro y esta pobre gente no. Solo esperanza.

—¿Quién te ha enseñado a hablar así? —le preguntó Muriel.

—Sí, me marcho de Lesbos —le confirmé a la niña—. Me pregunto si mi partida es eso tan gordo y doloroso que dijiste que me iba a ocurrir.

La niña me aguantaba la mirada. Su rostro era impasible. Vestía una especie de sari que antaño había sido blanco, pero que en aquel momento estaba sucio y amarillento, lleno de zurcidos y agujeros.

—Salir de esta pesadilla nunca puede ser malo, doctora —dijo ella, tras un silencio.

—¿Entonces? ¿Qué te ha dicho el profeta que me tocaría sufrir?

–Quizá se lo ahorre, si se marcha de aquí. Quizá solo la afecte si se queda en Lesbos.

–¿No será el fin del mundo? ¿No será que el campo de Kara Tepe acabará devorado por las llamas, como el de Moria?

La niña agachó la cabeza sin contestar. Después, en voz muy baja, dijo:

–Buenas noches, doctora Faruka. –Y me dio la espalda antes de dirigirse de nuevo a su barraca.

–¿De qué demonios se trata, Safyeh? –le pregunté a gritos.

Noté las manos de Muriel en mis hombros.

–Da igual, Faruka. Me sorprende que hagas caso de las tonterías que dice la niña.

–¿Por qué diantres me tocará sufrir? –volví a gritar, ante la mirada atónita de la gente arrodillada alrededor de la barraca–. ¿Por qué estás tan segura de que me merezco sufrir todavía más, maldita santita?

Safyeh no se dio la vuelta. Muriel me rodeó los hombros con un brazo mientras me alejaba del aquel lugar extraño. Me eché a llorar, medio desconcertada y medio avergonzada por mi comportamiento.

En el fondo de mi corazón, aquella situación me angustiaba. ¿Qué necesidad tenía la vida de reprocharme algo? ¿Por qué mi despedida de Lesbos debía coincidir con aquella revelación tan cruel por parte de una niña, una de las muchas adolescentes a las que yo había procurado salvar desde que había llegado allí?

3. MILA

Acostumbramos a reunirnos cuando salimos de la escuela. De hecho, no se trata de una escuela, sino más bien de un aula improvisada debajo de una carpa donde los cooperantes nos ayudan con cuestiones de números y letras. Los que asistimos a esas clases hemos aprendido a sumar y restar (si no sabíamos), a leer y escribir (si no sabíamos) y, especialmente, a conversar en inglés. Muchos procedemos de países y culturas muy diferentes y hablamos lenguas que no se asemejan en absoluto. Las autoridades del campo decidieron que era una buena idea que, al menos, pudiéramos comunicarnos en una lengua sencilla y común, que era el inglés. Los soldados y la policía lo hablan, los médicos lo hablan, los voluntarios lo hablan, los griegos lo hablan... Con un poco de inglés, podemos relacionarnos con ellos y también entre nosotros. Normalmente, la escuela abre dos mañanas a la semana. A veces tres, y otras veces, por múltiples causas, ninguna.

Como decía, debajo de la carpa-escuela hay muchos lugares de procedencia, muchos niveles y muchas edades diferentes. Mi grupo está formado por niños y niñas de entre doce y diecinueve años. Los mayores no siempre asistimos, porque tenemos que trabajar y colaborar en las tareas del campo, o ayudar a nuestras familias. Si faltamos demasiados días seguidos, un cooperante se acerca adonde vivimos y pide explicaciones o justificantes a los padres o tutores.

Los amigos que pasamos un rato juntos al salir de clase nos hemos conocido fuera de la escuela. A la mayoría nos puso en contacto la doctora Faruka, que trabaja en el hospital del campo. Algunos coincidimos por primera vez allí, sentados a su alrededor, haciendo una cosa llamada «terapia», que sirve para curarnos, para intentar estar mejor. Es normal que los niños y los jóvenes del campo de Mitilene tengamos problemas: estamos creciendo en un sitio raro, lleno de peligros y de una pobreza extrema. Todos somos conscientes de que no tenemos la vida que me imagino que deben de llevar los niños del resto del mundo. Niños que no viven como nosotros, que no han pasado tantas desgracias y penurias, que no han vivido guerras ni matanzas, que no han tenido que hacer largas travesías a pie o en patera para huir del terror y del desastre. Los de Europa, por ejemplo, que es el lugar adonde todos esperamos llegar un día. Niños y niñas, chicos y chicas que hemos visto por internet o en la tele. Que tienen una casa bonita y que llevan ropa limpia y moderna; que van al colegio o al instituto y que escuchan música y asisten a conciertos y compran en tiendas enormes donde hay de todo. Y que se sientan juntos a comerse una pizza y que cuelgan vídeos en TikTok.

No. Los de Kara Tepe somos distintos. Muy pocos tenemos móvil u ordenador. Y, si tenemos, no son potentes ni sofisticados. La mayoría proviene de Moria, el campo que se quemó. Allí perdieron las pocas cosas buenas que tenían y que habían conservado como un tesoro desde que se vieron obligados a huir de su ciudad meses o años antes. La doctora Faruka siempre lo comentaba:

—Vosotros no tenéis nada, pero en realidad lo tenéis todo: tenéis la vida, tenéis la juventud y la fuerza, tenéis la esperanza del futuro... En este sentido, estáis plenos, pero en la práctica estáis vacíos, porque no disponéis de las herramientas necesarias que ayudan a seguir adelante. No tenéis dinero ni riqueza, no gozáis de tranquilidad ni de un ritmo de vida sosegado y continuo. La mayoría no contáis con una educación ni tenéis unos padres que se puedan encargar de proporcionárosla. Por eso, en vuestra cabeza hay un embrollo de ideas, sensaciones y emociones sobre aquello que podéis y no podéis hacer; entre lo que tenéis y lo que os falta. Para vosotros, el futuro es un misterio. Existe, pero no sabéis ni cómo es, ni dónde está, ni cómo llegar. Es normal que de vez en cuando se os crucen los cables.

—¿Qué cables? —preguntó Castaña.

—Es una expresión, una manera de hablar —explicó riéndose la doctora Faruka—. Significa que, a veces, las conexiones del cerebro se hacen un lío y entonces no sabéis qué hacer o qué pensar. ¿O te creías que significa que tenéis cables dentro de la cabeza, Castaña?

—Sí. ¡Como un robot! —reconoció el muchacho.

La doctora me tiene mucha confianza. Cuando nos conocimos, siempre necesitábamos una traductora, porque yo no la entendía a ella ni ella me entendía a mí. Pero, poco a poco, mejoré mi inglés y ahora mantenemos conversaciones en esa lengua, que no es la mía ni la suya, pero que nos permite comunicarnos. La doctora me confesó que, cuando se enteró de cómo había salido de mi país, se quedó helada. «Habiendo perdido a tu familia poco antes... y en aquellas condiciones de locos...», repetía. Quiso sacarme del lugar donde vivíamos los huérfanos procedentes de Moria y me llevó a casa de la señora Hadis, una buena mujer que vivía sola y que, curiosamente, hablaba mi lengua porque su difunto marido provenía de mi país.

La relación que mantengo con la señora Hadis es buena, pero jamás, ni una sola vez, he pensado en ella como una madre, ni ella en mí como su hija. Jamás nos hemos llamado así la una a la otra. Tampoco tengo la sensación de que vayamos a seguir juntas el día que nos marchemos de Kara Tepe para ir a Europa. Mientras que yo soy activa, curiosa, inquieta y organizadora, ella es pasiva, callada, solitaria y tranquila. Como dijo la doctora, «Os compensáis como los dos brazos de una balanza», y probablemente tuviera razón. Las normas que me ha impuesto la señora Hadis para facilitar la convivencia no son nada estrictas ni me coartan la libertad.

El lugar donde nos juntamos mis amigos y yo no es una plaza, ni un parque con *halfs* para practicar *skate*, como hacen los jóvenes en muchas ciudades de Europa, sino un área del campo de Kara Tepe que llamamos «el Refugio». Se trata de un descampado situado justo detrás de una de las naves que se usan para almacenar los alimentos y los materiales que la ONU nos hace llegar mediante la ayuda humanitaria. El Refugio está cerca de la planta de tratamiento de aguas residuales. Está previsto que en ese solar se construya una nave anexa, pero va pasando el tiempo sin que se haga nada. Nuestro lugar de encuentro tiene muchas ventajas: la principal es que nadie nos ve. La pared posterior de la nave no tiene ventanas abiertas al exterior, y alrededor del solar no hay barracas ni construcciones. Durante el día, hay gente que lleva los animales a pastar allí. Eso es una exageración, claro: en el campo raso prácticamente no crece nada que pueda comer el ganado, cuatro hierbas y poco más. Pero es un espacio amplio al aire libre y siempre hay alguna cabra, o alguna oveja, o algún burro dando vueltas bajo la supervisión de su dueño. Por allí también corren gatos y perros sin amo antes de que alguien los cace y se los lleve.

Nosotros nos reunimos en el Refugio y nos sentamos con la espalda apoyada en la pared de la nave, o en círculo, o nos movemos por el campo raso y observamos la parte de Kara Tepe que queda a nuestros pies. Un día, un señor que paseaba acompañado de su mujer y una cabrita nos señaló y se rio.

—¡Mira, los niños de la doctora Faruka!

En un país de Oriente, hay un pueblo encaramado a lo alto de una montaña. Sus primeros habitantes, que lo construyeron, habían sido esclavos de un emperador sanguinario y habían conseguido huir de las manos del terrible dictador con grandes dificultades. Se alejaron de él tanto como pudieron, subiendo a pie por una montaña que era una selva, hasta que llegaron a la cima. Pensaron que allí no los encontraría nadie y se establecieron en aquel lugar.

Eran cuatro hombres y tres mujeres, todos ellos con la piel marcada con un hierro candente, que era la señal de la esclavitud a la que habían estado sometidos. Formaron parejas, y después familias, y tras una generación llegó otra. Los hijos de los primeros habitantes ya no tenían aquella marca, algo que celebraron como un triunfo de la libertad.

Pasaron muchos años y muchas generaciones. Era tan difícil acceder a aquella aldea que poca gente llegaba y menos aún se marchaba. Más adelante, aquel aislamiento que los había salvado se convirtió en una dificultad para sus habitantes, así que se propusieron encontrar una solución. Después de muchos años y de muchas gestiones, el Gobierno de la mayor ciudad del valle accedió a construir un tren que recorriera la distancia entre la falda de la montaña y la cima. Una obra de ingeniería muy compleja que debía tener tres paradas en su recorrido para atender las necesidades de dos poblaciones que, con el paso del tiempo, habían surgido en aquella montaña selvática. Pese a la dificultad que suponía desbrozar bosques, agujerear rocas, abrir túneles, evitar desprendimientos y montar el sistema de raíles, el tren se convirtió en una realidad y los vecinos de la cima lo celebraron por todo lo alto. Tardaban tres horas en llegar al valle, y en los vagones sufrían un traqueteo constante. En verano pasaban mucho calor, y en invierno, mucho frío. Los pocos asientos disponibles eran de madera y ni siquiera había retrete.

Un día de otoño, un vagabundo extravagante llegó a la estación del valle y suplicó al encargado de la instalación que le permitiera subir al tren porque debía llegar a la aldea de la cima de la montaña. Sin embargo, lo avisó de que no podía pagar el billete, porque era pobre como una rata.

–¿Y por qué quiere subir al pueblo? ¿No pensará que allí lo van a acoger? La gente que vive en lo alto de la montaña padece muchas estrecheces. Viven en casitas muy modestas y allí no hay hoteles ni pensiones. Ahora que se acerca el invierno, hace un frío espantoso.

–Quiero ir porque mi familia vive allí.

–No puedo permitirle subir sin billete.

Aquel día, el vagabundo recorrió las calles de la ciudad pidiendo limosna. No comió nada, aparte de lo que encontró en *la basura. Todo lo que consiguió que le dieran los habitantes lo guardó para pagar el pasaje.*

Al día siguiente a primera hora, ya había reunido suficiente dinero. Solo dos pasajeros subieron a su vagón, y quizá un par más a los restantes. Por las miradas de curiosidad que le dirigían, el vagabundo supuso que debían de preguntarse quién era y a quién buscaba en lo alto de la montaña. Su aspecto era tan estrafalario que llamaba la atención: vestía una gabardina negra muy larga, descolorida y llena de agujeros, e iba tocado con un sombrero roto. Por debajo asomaba una cabellera larga, gris y sucia, a juego con una barba tupida que le llegaba hasta el ombligo. Al hombro llevaba colgado un saco que contenía sus escasas pertenencias.

Hizo el trayecto sentado y en silencio, observando por la ventanilla el paisaje fascinante y cambiante que rodeaba el vagón. Había tramos en los que la frondosidad de la selva impedía que se filtrara la luz del día, y entonces era como si se hiciera de noche: tenía la sensación de que aquel convoy se adentraba en un agujero cósmico y que desaparecía de la faz de la tierra.

Al cabo de unas dos horas de oscuridad, la selva se fue esponjando y el paisaje se transformó: los árboles eran cada vez más delgados, las hojas de las copas, más pequeñas, y se espaciaban hasta que ya no había y todo eran rocas y tierra yerma. En lo alto de la montaña, progresivamente pelada como la cabeza de un calvo, había neveros.

Cuando llegaron a la estación, los pasajeros tuvieron que recorrer un buen trecho a pie hasta el pueblo. Allí los esperaba un reducido grupo de personas que habían ido a recoger a sus familiares. Cuando todos se hubieron marchado a sus casas, el vagabundo se encontró solo al inicio de una vía principal, sin asfaltar,

que dividía la aldea en dos: a derecha e izquierda, se alzaban modestas casas. Hacía mucho frío y no vio a nadie en la calle ni por las ventanas. Se ajustó bien el saco al hombro y se dirigió sin vacilar a una de las viviendas. Cuando llegó a la puerta, llamó con los nudillos. Una niña salió a abrir.

El hombre le preguntó:

—¿Vive aquí la señora Li?

La niña lo observó con curiosidad, pero sin atisbo de miedo o extrañeza.

—Sí, señor —dijo, y, tras una pausa—: Bueno, vivía, porque mi abuela murió ayer. Ahora la estamos velando en su cuarto.

—Quisiera hablar con ella —dijo el hombre.

—No creo que pueda hablar con ella —replicó la niña, como si se disculpara—, pero puede verla y velarla con nosotros. ¿La conocía?

—Y tanto, bonita. Soy su padre.

La niña abrió los ojos como platos. Aún no había hecho entrar al desconocido, y decidió no hacerlo, porque pensó que algo no cuadraba: si la abuela Li había muerto con casi noventa años, aquel hombre no podía ser su padre por nada del mundo.

—¿Hay alguien, Yu Bei? —preguntó una voz masculina detrás de ella.

La niña se apartó y un hombre de unos cincuenta años quedó enmarcado en la puerta.

—Buenos días, Yang —lo saludó el vagabundo—. He venido a ver a Li.

—¿Quién es usted? ¿Cómo sabe mi nombre?

—Ya le he dicho que la abuela está muerta —lo informó la niña—. Este señor dice que es su padre.

—¿El padre de quién? —preguntó Yang.

Entonces el vagabundo hizo una señal con la mano y tanto la niña como el hombre se quedaron quietos como dos estatuas. Pasó entre sus cuerpos estáticos y entró en la casa. En la única estancia, alrededor de una chimenea donde ardían unos leños, había media docena de personas reunidas, inmóviles. Hombres, mujeres y niños que se habían quedado detenidos en la postura en la que estaban cuando el vagabundo había hecho una señal en el umbral de la puerta.

En un rincón, la corriente de aire agitaba una cortina. Cuando la corrió, descubrió a la señora Li tumbada en la cama.

–¿Quién es usted? –preguntó la mujer.

–¿No me reconoces, hija mía?

–¡Padre! –exclamó ella, flexionando los brazos encima del colchón para incorporarse.

La cara, que hasta entonces era blanca como la cera, se le iluminó.

–He venido a buscarte.

El hombre se acercó a la cama y acarició el brazo de la anciana. Mientras tanto, en su piel pálida, resquebrajada y llena de arrugas, apareció, primero sutilmente y luego de manera más clara, la marca de los esclavos del emperador.

La mujer, emocionada, se levantó de la cama. Cogió al hombre del brazo y los dos se dirigieron a la sala. La señora Li ni siquiera se fijó en las personas estáticas que había alrededor del fuego, ni en las dos detenidas frente a la puerta abierta.

Una vez en la calle, la señora Li, que pese al frío iba descalza y solo vestía la mortaja, seguía sin apartar la mirada de la del hombre que la llevaba del brazo. Sin embargo, él se dio la vuelta un instante y repitió la señal que había hecho al entrar.

–¿Hay alguien, Yu Bei? –oyó que preguntaba Yang.

–No, nadie. Me había parecido que llamaban a la puerta.

La señora Li y su acompañante caminaron hasta el final del pueblo por la vía principal. Después, el hombre constató que no quedaba ni rastro de la estación de tren. Solo una extensión de terreno pedregoso y agreste que, a continuación, se precipitaba hacia la selva frondosa que se adivinaba a sus pies.

–Te contaré una historia mientras atravesamos la selva, Li. Cuando conseguimos escaparnos de la cárcel de aquel emperador sanguinario, antes de que mis compañeros pudieran llegar a lo alto de la montaña, los soldados del déspota me atraparon. Fui el único que no conquistó la libertad. Los soldados me llevaron de vuelta al imperio. Allí me torturaron brutalmente. Querían que les revelara el destino al que se dirigían mis camaradas, pero de mis labios no brotó ni una sola palabra. Antes de morir en una celda, con las pocas fuerzas que me quedaban, fui testigo de un milagro. Una voz me habló: «Has sido muy valiente, Ming», me dijo, «y, gracias a tu silencio, has salvado a tus amigos. A ellos y a sus descendientes. Hombres y mujeres que nunca más vivirán bajo la vergüenza de la esclavitud. Te mereces una recompensa y, si bien ellos gozarán de la vida en libertad, tú recibirás el don de la vida eterna. Solo te pongo una condición: cada vez que uno de ellos se muera, tú irás a buscarlo para acompañarlo. Mientras estén vivos, serás un hombre corriente: tendrás frío, pasarás hambre, te tocará trabajar para ganarte las habichuelas. Pero cuando uno de sus descendientes fallezca, subirás a la montaña. Primero a pie y después con un medio de transporte que se inventarán las nuevas generaciones para que el viaje resulte más cómodo. Durante el ascenso, te transformarás y ya no serás un hombre, sino una especie de espíritu, o de dios, o de fantasma. Tu misión será acogerlos y acompañarlos a la vida eterna.

A partir de ahora, esa será tu tarea principal, Ming. ¿Estás de acuerdo?».

Él dijo que sí. Después perdió el aliento y se le cerraron los ojos.

Y, colorín, colorado, este cuento se ha acabado.

La historia que quiero contar no sé si es triste.

La abuela de Abdullah, que siempre tiene cuentos para quien quiera escucharla, sabe muchos que tienen que ver con la muerte. Ella dice que todo el mundo se va a morir y que, por tanto, la muerte está muy relacionada con la vida. Sin una no se entiende la otra. «No estar» es antes de la vida, y también después.

Dice que la experiencia de morir admite todas las variantes en las historias que se narran desde que existe el mundo. Un día nos relató el cuento de la vendedora de fósforos: una niña muy pobre, que no tiene casa ni familia y que pasa la noche al raso, intenta calentarse con los fósforos que vende y, en su estado de enfermedad y paranoia causado por el frío y la soledad, cada fósforo que enciende le ilumina un deseo que alberga. El último, que prende temblando antes de quedarse congelada, ilumina la figura de su abuela añorada, que está en el cielo. Esta, muy amorosa, le dice que vaya con ella, que la espera y que está deseando abrazarla. Evidentemente, el cuento da a entender que la niña se muere, pero con una sonrisa en los labios. Los que escuchábamos la historia pensamos que, con su abuela, la niña sería más feliz. Algunos encontraron el cuento muy triste (la hermana pequeña de Abdullah incluso se echó a llorar) y otros decidimos que tampoco lo era tanto, o nada.

Lo que quiero contar empezó un mediodía, en el Refugio. Yo llegué tarde, porque aquella mañana había acompañado a la señora Hadis a recoger cartones. De vez en cuando llegan grandes lotes de ayuda humanitaria que se reparte entre la población del campo. Los voluntarios llenan cajas de cartón con los productos (arroz, harina de trigo, leche y cosas así) y todo el mundo hace largas colas delante del almacén para recibir una. Siempre hay gente que, cuando llega a casa, tira las cajas por los senderos o en la entrada de las tiendas. Muchos las aprovechan, claro, pero otros no. Lo que hacemos la señora Hadis y yo en esas ocasiones es recogerlas del suelo, desplegarlas, amontonarlas, transportarlas y después venderlas a gente que las usa, como zapateros, alfareros o albañiles. Nos dan unas cuantas monedas o bien algo de comer.

Aquel mediodía no conseguimos un gran botín, a pesar de que habíamos empezado nuestra labor al amanecer. Llegué al Refugio sudada, cansada y sucia, con ganas de sentarme un rato y charlar de cosas intrascendentes. Pero enseguida descubrí, por las caras largas de mis amigos, que algo no iba bien.

–Que te lo diga Sadira –dijo Abdullah cuando les pregunté qué sucedía–. La idea es suya.

–¿Qué idea?

Sadira, cabizbaja, estaba sentada con la espalda apoyada contra la pared ciega de las naves. Los demás la miraban sin decir nada.

–¿Qué idea has tenido, Sadira? –le pregunté.

Ella no contestó ni levantó la cabeza. Entonces me dirigí a Abdullah con la mirada.

–Ha dicho que se quiere morir –dijo él. Y, tras una pausa, añadió–: También nos ha propuesto morirnos todos juntos.

–¿Morir? ¿Por qué?

Ignoraba si el resto de mis compañeros sabían los problemas que había tenido Sadira con su padre. La doctora Faruka había asegurado a la señora Hadis que todo estaba en proceso de solucionarse, que el padre de Sadira ya no vivía con la familia y que aquella desagradable historia no había trascendido. En el Refugio nunca habíamos hablado de ello, claro, pero las noticias corren como la pólvora. ¿Era yo la única que conocía la verdad? ¿La única que sabía la razón por la cual Sadira había intentado suicidarse?

Obligué a Castaña a moverse y me senté junto a la chica. Le pasé un brazo por los hombros, y ella, en silencio, apoyó la cabeza en mi pecho. Los demás se arrodillaron delante de nosotras.

—¿Por qué quieres que nos muramos, Sadira? —le pregunté.

Ella se esforzó por hablar. La angustia le impedía expresarse con claridad.

—No sé qué hacemos aquí... No sé a qué esperamos... Tenemos miedo y hambre... Cada día me cuesta más levantarme..., para comprobar que nada cambia..., que todo es igual o peor... Estoy muy cansada...

—Algún día llegarán los papeles de asilo —dijo Landro—. Entonces podremos marcharnos de aquí y vivir en paz...

—¿Dónde? ¿Cuándo? —lo interrumpió la chica, gritando enfurecida de manera repentina—. ¿Cuándo llegará ese día? ¿Cuando seamos viejos? ¿Cuando estemos enfermos y desnutridos? ¿Cuando se hayan muerto nuestros padres y solo podamos comernos las ratas asquerosas que corren por aquí?

Nadie contestó sus preguntas.

Cuando todo el mundo se hubo marchado y Sadira y yo nos quedamos solas, me habló de Safyeh. Provenía de Siria, y yo ya había oído hablar de ella: era «la santita» que vivía en las afueras del campo. Sadira había ido a visitarla, con su madre, un par de días antes. Pese al gentío que había alrededor de su barraca, habían encontrado la ocasión de charlar a solas.

—Safyeh es una chica como nosotras, con los mismos problemas y los mismos miedos. Pero tiene la suerte de recibir la visita del profeta y...

—¿Y eso quién se lo cree? ¡Es una fantasía! La señora Hadis dice que lo de las apariciones es una engañifa.

—El profeta le ha dicho a Safyeh que el mundo no tiene futuro —continuó Sadira, ignorando mis objeciones—. El profeta le ha dicho que no servirá de nada continuar en Mitilene. Que sufriremos y pasaremos hambre y que nunca llegaremos a ninguna parte. Le ha hablado de un futuro de esperanza, pero no está en este mundo.

—¿Ah, sí? Y ¿dónde está? ¿Cómo se alcanza?

—Igual que lo alcanzó la niña del cuento que nos contó la abuela de Abdullah, la vendedora de fósforos.

Se me puso la piel de gallina. Sadira ya no estaba triste ni angustiada. Hablaba con claridad, muy tranquila. Parecía la de siempre, pero al mismo tiempo era una persona completamente distinta. Le dije que eso me parecía una tontería; que Safyeh era una farsante, una impostora. También le dije que me gustaría hablar con ella. Sadira me prometió que le pediría una cita.

Al día siguiente, a primera hora, me dirigí al hospital del campo para hablar con la doctora Faruka. Quería contarle todo lo que me había dicho Sadira y preguntarle si conocía a Safyeh. Cuando llegué a la nave donde se encontraba la consulta de la doctora, una compañera suya me dijo que Faruka se había ido de Lesbos.

—¿Se ha ido? ¿Para siempre?

—Sí. Ha dejado Mitilene y ha vuelto a Europa.

Me quedé de piedra. ¿Se había marchado sin decir nada? ¿Sin despedirse de nadie?

***

Alrededor de la barraca donde vivían Safyeh y su abuela había congregado un montón de gente. Algunos hombres se habían arrodillado en el suelo y flexionaban el cuerpo hacia delante como si estuviesen rezando. Una mujer empujaba un carrito dentro del cual los presentes dejaban objetos y comida. Sadira me contó que eran las ofrendas con las que los visitantes honraban a la santita.

–¡No lo entiendo! Toda esta gente pasa hambre... ¿Cómo pueden regalarle a Safyeh lo poco que tienen? ¿Qué reciben a cambio?

–Un montón de cosas –contestó Sadira–. Esperanza, por ejemplo. Las palabras del profeta. El bienestar de su alma. ¿Te parece poco, descreída?

De vez en cuando, la niña de los milagros salía a la puerta de la barraca y, con un gesto, bendecía a todos los congregados. Después volvía a entrar al interior.

Sadira y yo nos quedamos un buen rato entre la muchedumbre, hasta que la santita, en una de sus salidas, nos vio. Le dijo algo al oído a la mujer que recogía las ofrendas y volvió a entrar enseguida. La mujer se nos acercó y, con pocas palabras y cara de mala uva, nos indicó que esperásemos a Safyeh en la parte trasera de la barraca. Con el brazo, nos indicó por dónde podíamos llegar.

Cuando la santita se reunió con nosotras, comprobé que ella y Sadira eran muy amigas. No solo se mostraron cercanas, sino también cómplices: con las miradas, con las risas, con los silencios. Sadira nos presentó en inglés, pero el resto de la conversación entre ellas fue en árabe y yo no entendí nada. Sin embargo, de repente Safyeh hizo un gesto a Sadira y esta se marchó y nos dejó solas.

—Sé que tienes cierto poder entre tus amigos —empezó a decirme— y por eso creo que eres la persona con quien debo hablar. El profeta me ha dicho...

—Te equivocas —la interrumpí—. En primer lugar, no me creo que el profeta te visite y, en segundo, no estoy segura de tener influencia sobre mis compañeros, como dices. Te ruego que seas clara conmigo. Yo no hablaré en nombre de ellos. Me preocupa Sadira y sus ideas raras, y solo por eso he aceptado venir a conocerte. Quiero saber si dice tantas tonterías por tu culpa.

La chica me miraba fijamente, con una concentración extraña. Como si yo hablara en clave y ella se esforzase por descifrar un mensaje. Mientras me escuchaba, no dejó de sonreír ni un instante.

—Sadira me ha hablado de todos vosotros. Me ha contado los temas de conversación del Refugio. También me he enterado de cuánto tiempo lleváis aquí; de quién llegó antes y quién después. Lo sé todo.

—No es muy difícil de adivinar. Aquí estamos todos, malviviendo en Lesbos. Todos tenemos una situación de mierda...

—Pero Sadira no ha contestado lo que yo quería saber —continuó la chica, como si no me hubiera oído—. Yo le preguntaba por vuestro futuro, no por vuestro pasado. Sobre eso no ha sabido decir nada. «¿Qué planes tienen tus amigos para el día de mañana, Sadira? ¿Adónde piensan ir? ¿Cómo van a vivir? ¿Con quién? ¿Dónde buscarán empleo? ¿Qué tipo de trabajo?» Sadira no me ha dicho nada.

—¿Tú ya lo sabes? ¿Sabes cómo será tu vida cuando salgas de aquí?

—Ese es el problema: nunca saldremos de aquí. Por tanto, no tendremos futuro. Nuestro mañana es esto. Es la vida que llevamos ahora.

—Eso es un disparate.

—Es la realidad.

Me quedé sin saber qué decir. Ella respetó (y celebró) mi pavoroso silencio.

—El futuro de Sadira es igual o peor que su presente. Ahora su padre está encerrado, pero dentro de un año seguro que lo sueltan. Y entonces volverá a casa, a la misma casa, con la misma familia muerta de hambre, y volverá a hacerle daño a su hija. Nada habrá cambiado.

Me senté en el suelo y apoyé la espalda en el tronco de un árbol. Safyeh se quedó de pie, contemplando la nada, sin mirarme hasta que volvió a hablar.

—Ese amigo vuestro, Hamir, por ejemplo. Ahora su padre es un estorbo, un lastre, pobre inválido. Dentro de un año estará muerto. ¿Eso va a arreglar las cosas? ¿La situación de su familia no será incluso más penosa que ahora?

—¿Adónde pretendes llegar? —la interrumpí.

La chica se arrodilló delante de mí y me puso las manos en los hombros.

—Quiero que nos escapemos. Quiero que nos plantemos y que digamos basta. Quiero que decidamos libremente nuestro futuro.

Me incorporé de un salto y me liberé de sus manos. Ella se quedó de rodillas en el suelo.

—Estás chiflada, Safyeh —le espeté antes de salir corriendo hacia mi casa.

Mientras cruzaba el campo de refugiados de Kara Tepe sin poder evitar que los ojos se me llenaran de lágrimas, pensé en mí misma. Mi presente era lamentable, sí, y mi futuro inmediato no tenía buena pinta. En ambos casos, sabía que era desgraciada, que estaba privada de todas las comodidades. Hambrienta, muerta de frío en invierno, sobre todo por las noches, cuando bajaba la temperatura y no había manera de calentarse. Me veía desmotivada, perdida, decepcionada, desesperanzada. Pronto cumpliría dieciocho años y todo lo que me rodeaba era oscuro, sucio, apestoso y miserable.

Pero no había olvidado mi pasado. Nunca había dejado de pensar en la guerra, en el asesinato de mi familia, en la huida desesperada de gente sin escrúpulos que quería matarnos. No me olvidaba de mi vuelo suicida escondida en el tren de aterrizaje de un avión, del frío extremo que pasé, de las ganas de sentirme muerta. Todo aquello había quedado atrás, y aquel pasado no iba a volver. Me había propuesto seguir adelante y estaba segura de que, por muy difícil que fuera, iba a conseguirlo. Lo que proponía Safyeh no era una liberación, sino una rendición. Y mi experiencia me decía que no valía rendirse.

Hace muchos años, en un lugar bellísimo situado en medio de un valle frondoso, había un pueblecito cuyos habitantes gozaban de un don que no se había visto en todo el planeta: la inmortalidad.

Los primeros pobladores llegaron allí huyendo de una guerra. Eran tres familias desesperadas, pobres y hambrientas, que decidieron instalarse en aquel lugar remoto porque allí encontraron un río de agua fresca, una gran plantación de árboles frutales y el abrigo de una montaña que los protegía del frío en invierno y del calor en verano. Tal vez porque bebieron aquella agua, tal vez porque se alimentaron de aquellos frutos, tal vez porque curaron sus males con aquel clima, el caso es que los primeros habi-

tantes, al envejecer, no se murieron. Habían tenido hijos, y nietos, y bisnietos, pero los abuelos seguían vivos y no se decidían a abandonar la vida en la tierra.

El primero que constató aquel hecho maravilloso fue uno de los nietos de los primeros expedicionarios.

–Algo raro ocurre aquí. Tengo casi ochenta años y, en teoría, debería prepararme para morir. Pero resulta que mis padres tienen más de cien años, y aún están vivos, y mis abuelos tienen casi ciento treinta, y tampoco se han muerto. Puede que sea una casualidad, no lo niego, y que nuestra genética haya obrado el milagro de la longevidad. Pero resulta que también siguen vivos los abuelos de mis primos, ¡y los de mis amigos, y los de los amigos de mis amigos!

En el poblado, pues, nadie se moría de viejo desde que se fundó. Eso sí, algunos se morían víctimas de enfermedades y de accidentes. Los pocos oriundos que se habían marchado no habían regresado jamás, por eso no se sabía si la vida eterna de la que gozaban allí podía haber traspasado fronteras. Aparentemente no, porque el sabio descubridor del prodigio había tenido noticia de una carta enviada dos años antes a una de las familias residentes en la que un descendiente anunciaba la muerte de su madre, una mujer que había nacido y crecido en el poblado y que se había ido décadas atrás.

–¡Pues tenéis razón! ¡El prodigio debe de ser cosa del agua, de los alimentos o del clima!

Como el pueblo estaba situado en un lugar aislado y de difícil acceso, durante siglos, no se corrió la voz de aquel milagro. Jamás se enteró nadie y jamás se presentó allí ningún científico ni ningún médico interesado o con curiosidad por aquel fenómeno. En el pueblo ya había médicos y curanderos. Personas que podían sanar a los enfermos, curar heridas o proporcionar remedios, pero ninguno de ellos (ni de ellas) había estudiado una carrera, había salido de los límites de la comarca ni, por tanto, tenía una vida finita.

Por eso resulta difícil precisar cómo y por qué llegó un día el rey de un país lejano acompañado de su esposa. Eso sí, estaba al corriente de la inmortalidad de sus habitantes.

–Yo nací muy lejos de aquí, y de allí mismo proviene mi mujer. Por tanto, somos conscientes de que nuestra vida tendrá un punto y final. Pero ahora nos disponemos a tener un hijo y nuestro mayor deseo como padres es que nuestro vástago viva eternamente. Creemos que, si lo engendramos aquí, nace aquí y vive aquí, el fruto amado de las entrañas de mi esposa gozará de vida eterna. Ese es el regalo que queremos hacerle.

El rey extranjero llegó acompañado de un enorme séquito: soldados, esclavos, comadronas, criados y sirvientas. Todos ellos montaban caballos y mulas, además de animales que los pobladores no habían visto jamás, como camellos y elefantes adornados con telas brillantes y piedras preciosas. El rey se hizo construir un palacio precioso junto al río, y él y su mujer vivieron allí hasta que su hijita, la princesa engendrada y nacida en el pueblo, cumplió seis años.

–Tenemos que regresar a nuestro país, niña mía, porque mi trabajo nos reclama –se despidió de ella su padre–. Pero no sufras. Vivirás aquí con las niñeras y los esclavos que dejaremos y, en cuanto podamos, volveremos a verte.

–Yo quiero vivir con vosotros, padre –se lamentaba la niña, ajena a todo lo que sabían sus progenitores.

Hasta que no fue mayor, la princesa no supo el motivo por el que sus padres la obligaban a vivir tan lejos de su familia.

Alguien se lo contó, cuando ya era una joven hermosa y dulce, pese a que solo veía a sus padres y hermanos un par de veces al año, cuando iban a visitarla.

–Es muy difícil llegar hasta aquí, cielo mío –le decía su madre–. Hacen falta treinta días de camino, y no siempre disponemos del tiempo, de los animales y del dinero necesarios.

–Pero ¿por qué no me lleváis a vivir a mi país, con vosotros y mis hermanos?

–Porque vivir aquí supone una gran ventaja. Es un regalo que queremos hacerte.

La princesa, pues, no entendió aquel «regalo» hasta que se lo contó alguien, un pretendiente que trabajaba de campesino en el huerto del palacio.

–¿Por eso hay tantos viejos en el pueblo? A menudo me pregunto cuántos años debe de tener la señora Ho-Yung o el abuelo Shin-Pey, que vive en la calle de los zapateros...

–La señora Ho debe de tener más de trescientos cincuenta, y el abuelo Shin-Pey, que se parece más a una momia que a una persona, tiene tantos años como el pueblo, o sea, casi quinientos.

Pese a la extraña presencia de aquellos ancianos que prácticamente no se movían, en el pueblo vivía gente joven, e incluso niños.

–Son los nietos, bisnietos y tataranietos de los abuelos –le confirmó su pretendiente–. Algún día tú y yo también seremos viejos, pero nunca nos moriremos. Aquí nadie se muere, princesa. Por eso tus padres te engendraron aquí.

La princesa se preguntó si era verdad lo que le contaba aquel campesino. Ella había nacido allí, pero no descendía de los primeros habitantes. ¿Por el mero hecho de haber nacido y vivido allí iba a heredar el don de la vida eterna? ¿Cómo y cuándo lo sabría?

Los esclavos y las niñeras se fueron haciendo mayores. Algunos se murieron; otros se marcharon. La princesa no se casó con el campesino, ni tampoco con el artesano, ni tampoco con el soldado, ni tampoco con el ganadero. Finalmente, cuando ya tenía cuarenta años y sus padres no la visitaban porque ya se habían muerto, la chica aceptó casarse con un panadero listo y sensato. «Este me gusta, y sé que tiene que durarme toda la vida.»

Con el paso del tiempo, la princesa dejó de ser una princesa, en la práctica. El palacio que le había hecho construir su padre al nacer se había transformado en una casa en ruinas de la que nadie se ocupaba. Ella vivía con su marido y trabajaba de panadera. Habían tenido tres hijos y ya casi nunca recordaba que antaño había sido hija de un rey.

Un día, cuando la mujer tenía sesenta años, llegó al pueblo un hombre a quien no reconoció. Encima de la mula que arrastraba, el hombre llevaba una niña menuda y enfermiza, blanca como la cera.

—Soy el príncipe Hadad, tu hermano menor, y la niña que me acompaña es mi hijita, tu sobrina. Nuestros padres jamás me contaron por qué vivías aquí, tan lejos de nosotros. Yo vine a visitarte una vez, cuando tenía dos o tres años, acompañado de nuestros padres. Casi no te recuerdo. El caso es que mi hija está muy enferma. No puedes ni imaginarte el suplicio que ha sido para ella, pobrecilla, llegar hasta aquí.

—¿Por qué habéis venido, entonces? —preguntó la panadera.

—Porque te quiero pedir un favor: necesito que la salves.

Resultaba que la niña padecía una enfermedad rara y poco frecuente; un montón de médicos habían intentado curarla por medio de operaciones y tratamientos, pero había sido en vano. Ahora, un especialista llegado de Rusia estaba dispuesto a ha-

cerle un trasplante de riñón, pero no habían encontrado ningún familiar compatible para la donación.

—Hemos descubierto unos informes de hace años, hermana, que nuestros padres tenían guardados en una caja fuerte. En ellos se especifica que tu sangre es compatible con la de mi hija, y quiero pedirte que seas la donante del riñón que ella necesita para vivir. Si te niegas, hermana añorada, mi pequeña se morirá. He recorrido centenares de kilómetros para pedirte este favor.

La panadera fue incapaz de contestar enseguida y le dijo al príncipe que debía hablarlo con su marido. La verdad era que no conocía de nada a aquella niña ni estaba atada a su hermano. Desde la muerte de sus padres, sus hermanos ni siquiera le habían escrito. ¿Qué obligación tenía ella de ponerse en manos de un médico y que le sacasen un riñón? Y ¿dónde se llevaría a cabo aquel trasplante? En un hospital ¿de qué país? ¿Tendría que abandonar el pueblo por primera vez en la vida?

En el pueblo, la panadera se sentía segura e inmortal. Era el regalo que le habían hecho sus padres: la vida eterna. Pero ¿acaso era inmortal? ¿Quién podía asegurárselo? ¿Y si surgían problemas durante la operación para extraerle el riñón? ¿Se moriría ella por intentar ayudar a una niña a quien no conocía?

—Tienes que hacerlo —le aconsejó su marido—. La niña está muy grave, y tu hermano, desesperado. ¡Es un príncipe! ¿Te imaginas la cantidad de dinero con la que te obsequiará si salvas a su hijita? ¡No tendríamos que volver a trabajar en lo que nos queda de vida!

—¿Y si me pongo enferma y me muero?

—Tú no te puedes morir.

—No puedo fallecer de muerte natural, pero sí durante una operación de riesgo.

La panadera prefirió ir a consultar al sabio del pueblo, que era el nieto de uno de los primeros habitantes y quien había establecido el don, siglos atrás. El abuelo Hu Fing tenía más de cuatrocientos años y vivía en una casa modesta. Llevaba tiempo sin levantarse de la cama.

–Fuiste engendrada aquí y has vivido toda la vida con nosotros, pero está claro que no perteneces a nuestro linaje, el de los inmortales. Creo que te expondrías demasiado haciendo lo que te propone tu hermano.

La panadera andaba metida en un buen lío: no solo le daba miedo morir, sino sobre todo marcharse y abandonar a su marido y a sus hijos.

–Ellos ya son mayores y, además, tienen la vida eterna garantizada –le dijo el sabio.

Finalmente, la mujer se decidió: trataría de salvar a su sobrina. El príncipe Hadad le compró el caballo más veloz y la silla más cómoda y, junto con su pequeña hija, pusieron rumbo a su reino.

El viaje fue arduo y se alargó muchos días. La niña parecía enfermar al final de cada etapa, y su padre temía que no llegasen a tiempo para la operación. Tirando de las riendas de su caballo, la panadera dudaba una y otra vez de si había tomado una buena decisión alejándose del pueblo y de su familia. En un convento donde hicieron noche, un sacerdote a quien había pedido confesión escuchó atentamente las inquietudes morales de la mujer.

–El objetivo es hacer el bien –le dijo el hombre–. Salvarás a una persona.

–Pero quizá muera otra... –se lamentó ella, que pensaba secretamente en su don–. Quizá muera yo para salvarla a ella.

–Todos moriremos –sentenció el sacerdote.

La panadera agachó la cabeza sin contestar. «No diría lo mismo si supiera qué pasa en el lugar de donde vengo.»

El príncipe Hadad había anunciado su llegada y, mucho antes de pisar su reino, ya los esperaba una comitiva formada por doscientos soldados y un equipo de médicos altamente cualificados. Metieron a la niña y a la panadera en una carroza y, durante el trayecto, las fueron preparando. Sin detenerse ni una sola vez, la carroza entró directamente en el palacio del príncipe Hadad, y las dos pacientes, ya intubadas y a punto para la intervención, fueron trasladadas a una sala acondicionada como un quirófano, donde las esperaba el famoso cirujano ruso. A la panadera se le habían cerrado los ojos a causa de la sedación y no fue consciente de lo que sucedía.

La intervención fue larga y complicada, pero resultó un éxito: la panadera perdió un riñón y su sobrina lo recibió. Ninguna de las dos se murió. Tras una lenta recuperación en el palacio del príncipe Hadad, ambas estaban rebosantes de salud.

–Jamás podré pagarte lo que has hecho por mi hija, hermana mía –le dijo el príncipe–. Sería feliz si te quedaras a vivir aquí, pero entiendo que quieras volver con tu familia. He dispuesto una carroza llena de oro y de joyas para que te la lleves.

Durante el camino de regreso a casa, que hizo ella sola conduciendo la carroza, la panadera se alegró de que todo hubiera salido tan bien. «No me he muerto y me llevo un tesoro que nos permitirá dejar de trabajar.» Con el propósito de no despertar la envidia de sus conciudadanos, enterró la mayor parte de aquellas riquezas al pie de un viejo olivo. «Siempre que lo necesitemos, mi marido o yo vendremos a buscarlo.»

Los panaderos cerraron su negocio. Restauraron el viejo palacio que muchos años atrás habían construido los reyes junto al río.

Poco a poco, el oro del príncipe Hadad se fue agotando, a causa del tren de vida de los antiguos panaderos, que se habían convertido en grandes señores. Ella ya había cumplido setenta años.

–Deberías escribir a tu hermano –le sugirió su marido–. Pregúntale cómo se encuentra la muchacha del riñón y si puedes hacerle algún otro favor. Cuéntale que tienes un alma caritativa y que podrías ayudar a cualquier persona de su reino que sufra. Como tú no vas a morir nunca, no te pasará nada. Ya empezamos a ser viejos, y de poco nos van a servir los órganos. En cambio, podemos sacar beneficios de ellos que nos salvarán la vida.

Impresionado por la generosidad de su hermana, el príncipe Hadad escribió un edicto y lo distribuyó entre la población: su santa hermana estaba dispuesta a sacrificarse para curar a quienes lo necesitaran.

Al cabo de unos meses, la panadera regresó al palacio de su hermano con unos cuantos encargos que cumplir. Por su edad, el viaje fue arduo y lento, especialmente el de regreso. La panadera lo hizo a lomos de una mula joven y sana que cargaba dos sacos llenos de oro y de piedras preciosas. A la mujer le habían extirpado un pulmón y un ojo, de los que ahora gozaban personas que los necesitaban.

Antes de cumplir ochenta años, la panadera, a quien le costaba respirar y prácticamente no veía, hizo un último viaje al palacio de Hadad, que ya estaba muerto, acompañada de su marido. Meses después, volvieron al pueblo de la vida eterna. Regresaron sin ojos (ella), sin un riñón (él), sin una pierna (ella) y sin un pulmón (él). De nuevo, la mula llevaba un cargamento de joyas, dinero y otras riquezas. Los dos viejos volvían vivos y ricos, pero abatidos, maltrechos y discapacitados. Con aquel tesoro pudieron contratar criados, cuidadores, médicos particulares y enfermeros, pero de poco les servían, porque su edad y la falta de tantos órganos les dificultaban el día a día.

Se dice que había un pueblo donde nadie se moría de viejo. De hecho, aquel pueblo todavía debe de existir, pero nadie sabe dónde. Con el paso de los años y la llegada del progreso, las nuevas generaciones se fueron marchando para ganarse la vida en lugares más accesibles, bien comunicados y sin la rémora de tener que cuidar de tantos abuelos centenarios. La naturaleza salvaje y milagrosa de aquel pueblecito fue engullendo todo aquello que nadie, por edad o por salud, podía preservar. Los árboles, los tallos de trigo y los matorrales devoraron casas, puentes, caminos y plazas. ¿Qué sería de todos los ancianos que se resignaban a vivir allí eternamente? ¿Cómo se las arreglarían para alimentarse con los frutos más sabrosos, para beber el agua más cristalina, para respirar el aire más puro? Se cuenta que, con el paso de los años, aquellos seres inmortales, aquellas momias en vida, se fueron fusionando con el paisaje y, si hoy alguien se los encontrara, le costaría distinguirlos de los troncos, de las rocas o de las ruinas de las antiguas casas.

También se dice que quien gobierna el pueblo de los inmortales es una mujer ciega y tan vieja que su cuerpo contrahecho y tullido se confunde con las raíces de un olivo milenario con las que está enredado. Se dice que bajo el olivo se oculta un tesoro que pertenece a la mujer y que ella vigila, y que si algún intrépido aventurero la encontrara, la oiría decir, como un murmullo de brisa, que la eternidad era un regalo envenenado que le habían hecho sus padres.

La primera señal de alarma fue descubrir a Safyeh en el Refugio un mediodía. Ella y Sadira estaban de pie ante el muro de la nave, y a su alrededor, sentados, la mayoría de los chicos. Me pareció que escuchaban con atención lo que les decía la santita. Sin embargo, en cuanto me vio llegar, se calló enseguida.

–¿Se puede saber qué pasa aquí? –pregunté.

Acto seguido, Safyeh le dio un discreto beso a Sadira y se marchó del Refugio.

–¿Qué os contaba la santita? ¿Qué era eso tan interesante que escuchabais embobados?

Nadie contestó mis preguntas. En silencio, agacharon la cabeza y después, de uno en uno o en grupitos, se fueron despidiendo.

–¿Qué os decía, Abdullah? ¿Por qué hoy todo el mundo vuelve tan deprisa a casa?

–No pasa nada, Mila –me dijo él–. Todo el mundo está cansado o tiene prisa.

–¡No es verdad! –le grité–. Se han marchado porque esa santita chiflada les ha llenado la cabeza de preocupaciones. ¿Por qué la ha traído Sadira? ¿Qué pretenden las dos?

Al día siguiente, en el campo de Kara Tepe, sucedió algo terrible. Como de costumbre, nadie supo con exactitud la causa de los disturbios. En un lugar así, resulta muy difícil saber por qué ocurren las cosas. Todo es confuso y no existe ninguna fuente fiable para averiguarlo. Todo son rumores, o hipótesis, o comentarios por lo bajo. La autoridad del campo jamás proporciona información veraz. Aquí no hay radio, ni prensa, ni ningún medio que transmita la información. Suceden cosas, luego terminan y entonces todo vuelve a ser como siempre.

Las sirenas empezaron a sonar a media tarde. Cuando se disparan, tenemos orden de refugiarnos cada uno en su casa. De cerrar puertas, ventanas y cortinas; de bajar la lona de los toldos y no salir al exterior. Primero hubo correrías y gritos. Después llegaron los berridos y los tiros y las explosiones. La señora Hadis y yo nos quedamos abrazadas en un rincón de la barraca, temblando como dos hojas. Los chillidos, los altercados y los golpes tenían lugar cerca de nosotras. Había gente corriendo y estrellándose contra las tiendas, y todo retumbaba, y oíamos a niños que lloraban. Olimos a quemado, y la señora Hadis, que había vivido en el campo de Moria, se echó a llorar, histérica.

Los hechos se alargaron muchas horas. En un momento dado, cuando los tiros y los gritos estallaban lejos de nuestro sector, le dije a la señora Hadis que, con prudencia, asomaría la cabeza para ver qué ocurría. En la calle no había nadie vivo, pero sí descubrí a dos o tres personas en el suelo que parecían muertas. Se oía el ruido de los vehículos y alguna que otra explosión. Lejos, por encima de las viviendas, se alzaba una columna de humo negro. Volví a entrar en la tienda en cuanto apareció una brigada de soldados corriendo. Iban armados y levantaban polvareda con las botas militares. De fondo, seguía atronando el ruido ensordecedor de las sirenas.

Aquella noche, nadie pegó ojo. El día siguiente amaneció en medio de un silencio nada habitual en el campo de Kara Tepe. Más tarde, cuando anunciaron por los altavoces que se había restablecido el orden y la paz, la gente empezó a salir de las tiendas. ¿Un intento de boicotear la convivencia en el campo? ¿Una revuelta de gente descontenta y desesperada? ¿Un ataque racista contra los que vivíamos allí? Nadie sabía qué había ocurrido.

Aquel episodio de terror y de incertidumbre provocó un cambio de actitud entre los amigos que nos juntábamos en el Refugio. Algunos estuvieron varios días sin aparecer. Luego nos enteramos de que tenían miedo. Muchos padres, inquietos y desazonados, no permitían que sus hijos se ausentaran de casa por temor a que se repitiera aquella extraña experiencia. Aseguraban que la cosa no había terminado ahí y que en cualquier momento se desataría de nuevo el caos en el campo y que volverían los pistoleros, los militares, las explosiones y los asesinatos. A muchos se les despertó un sentimiento de desconfianza hacia los vecinos; la familia que vivía miserablemente en la puerta de al lado podía estar implicada en la sanguinaria revuelta de dos días antes. «La vecina esconde algo», «La familia de Abdul tiene un comportamiento raro», «Ten cuidado con Yamir y sus hermanos: llevan días escondiéndose de todo el mundo».

La señora Hadis me advertía día sí y día también, al igual que los padres de todos los niños de la pandilla. La hermana menor de Castaña había resultado herida y dos amigos de Abdullah habían muerto destrozados por unas balas perdidas en medio de la batalla. Las autoridades no permitían que nadie se acercara al lugar donde habían dispuesto los cadáveres antes de enterrarlos, y se había instaurado un toque de queda: a partir de las ocho, estaba prohibido salir de las tiendas y deambular por el campo. Un conocido de la señora Hadis dijo que Kara Tepe se convertiría en una cárcel infranqueable y que nadie podría hacer vida normal hasta obtener el visado de refugiado y marcharse de allí.

Una mañana, Maruja se presentó en nuestra casa. Era una cooperante española que había trabajado con la doctora Faruka hasta que se marchó de Mitilene.

—Mila. Faruka dejó una carta para ti antes de volver a Francia. Con el follón de los últimos días, no he podido traértela antes. Le dio mucha pena no poder despedirse de ti.

La carta estaba escrita en inglés. Me deseaba mucha suerte en la vida, me pedía que no cambiara nunca y que procurara ayudar a mis amigos ahora que ella se marchaba. «Quizá regrese algún día, pero ahora mismo necesito alejarme de Lesbos una temporada.» Al final, como si presintiera un peligro inconcreto, me apuntaba una dirección de correo electrónico. «Si alguna vez te parece intuir que algo va mal —me decía—, Maruja tiene mi permiso para dejarte entrar en su casa y usar su ordenador para ponerte en contacto conmigo a través de esta dirección de correo.»

Dos días después, Sadira se me aproximó al salir de la escuela y me propuso encontrarnos en el Refugio a las cuatro de la tarde. Llevábamos varios días sin hablar. De hecho, no había hablado con ninguno de mis amigos desde los incidentes de la revuelta. Sadira, como todos, estaba distinta. Ya no era la chica tierna y risueña de siempre. Parecía que se hubiera hecho mayor de golpe. Se mostraba serena, discreta y cauta. Descubrí en ella una actitud resignada, como la de las adultas que vivían en el campo.

Comí una escasa ración de pasta que repartían los voluntarios de las ONG y le dije a la señora Hadis que había quedado con Sadira en el Refugio.

—No me gusta que estés fuera de casa. Es peligroso.

—No se preocupe. Charlaremos un rato y volveré enseguida.

Al llegar al Refugio, descubrí que se había convocado una reunión. Conmigo, éramos diez. Recordé aquella pareja que, al vernos juntos, había exclamado: «¡Mira, los niños de la doctora Faruka!». Lo que me puso en alerta fue la presencia de Safyeh, la santita, y el hecho de que ella presidiera la reunión.

—Escucha bien, Mila —dijo cuando me senté junto a mis amigos frente a la pared de la nave—: no te hemos dicho nada antes porque queríamos asegurarnos de poder hacer lo que vamos a hacer. También porque sabemos que te vas a oponer. Sin embargo, todos —y con un gesto de la barbilla señaló a los ocho compañeros que la escuchaban– han insistido en que tú deberías saberlo. Ya te lo dije, Mila: eres importante para ellos, confían en tus opiniones y en tus decisiones.

—¿Qué es lo que queréis hacer?

Abdullah, Sadira, Landro, Castaña, Hamir..., todos agacharon la cabeza. Descubrí que tenían lágrimas en los ojos; percibí movimientos nerviosos con las manos y los pies; oí algún gemido y algún suspiro.

—Hemos decidido seguir las indicaciones del Profeta –dijo Safyeh– y escaparnos al paraíso. Ya no queremos estar aquí. Esto es el infierno y nos merecemos ser felices.

Me subió la sangre a la cabeza y me puse de pie de golpe.

—¿Al paraíso, has dicho? ¿Allí queréis ir? —Y, dirigiéndome a la santita, la increpé–: ¿Allí es a donde quieres empujarlos?

Estaba enfurecida y hablaba a gritos. No me podía creer que Safyeh hubiera convencido de una locura así a chicos tan centrados como Abdullah y Landro. ¿Qué demonios les había prometido? ¿Con qué mentiras absurdas los había seducido?

—¿Cómo podéis hacer caso de las barbaridades que dice esta loca? ¿Sois conscientes de lo que os propone? ¡Os quiere matar! ¡Pretende que aceptéis una idea horrorosa! ¡Morir! ¡Abandonar a vuestras familias! ¡Destrozar la vida de vuestros padres, hermanos y amigos! ¿No os dais cuenta de que esto no tiene ningún sentido?

Todos callaban y seguían cabizbajos. Todos menos Safyeh, que me observaba mientras yo daba grandes zancadas alrededor de aquella panda de irresponsables. Intentaba no mirarla a los ojos, como si para mis adentros supiera que el contacto con su mirada podría hacerme cambiar de opinión, como por fuerza había ocurrido con mis amigos.

—No tenemos futuro en Mitilene —se atrevió a decir Landro—. Es insoportable vivir en estas condiciones sabiendo que mañana todo continuará igual...

—¿Y de verdad piensas que es mejor morir? —lo interrumpí—. ¿De verdad crees que tirar tus sueños por la borda es una manera de salvarte?

—Nosotros no usamos la palabra «morir», Mila —terció la santita—. Para nosotros, escaparnos de aquí es una liberación. Queremos ser libres, no esclavos.

—¿Libres? ¿La oís? ¡Libres! ¿Estar enterrados bajo un metro de tierra es ser libres?

—No estaremos bajo tierra —dijo Castaña—. Viviremos en el fondo del mar.

—¡Ah! ¿Esa es la manera de acceder al paraíso del profeta? ¿Saltar desde un acantilado y morir ahogados? ¿Es ese el futuro que tus padres desean para ti, Castaña? ¿Lo has pensado bien?

El niño no dijo nada. Me arrodillé delante de Abdullah y le apreté con fuerza el cuello de la vieja camiseta de fútbol.

—¡Dime qué piensas de todo esto, Abdullah! Tú eres un tipo inteligente y sensato. ¡Ayúdame a convencer a estos ilusos del daño que les hace escuchar las propuestas de la maldita santita!

Abdullah tenía los ojos rojos de tanto llorar. Se secó las lágrimas con el reverso de una mano mientras con la otra se afanaba por zafarse de las mías.

—Estamos muy cansados, Mila. Todavía somos niños y ha llegado el momento de hacernos mayores y decir que ya basta. Que queremos decidir sobre nuestra vida.

—No estás aquí para sumarte a nuestra aventura, Mila —dijo Sadira, hablando por primera vez aquella tarde—. Solo queremos que sepas que hemos tomado una decisión y que debes respetarla.

—¡Os denunciaré! –contesté gritando–. ¡Iré a ver a las autoridades y os denunciaré a todos! ¡Les contaré lo que pretendéis hacer y no me rendiré hasta que os encierren en el pabellón para locos! Si la doctora Faruka estuviera aquí...

Y me detuve en seco, porque ella ya no estaba. Nos había abandonado. A su manera, también se había rendido. Sin embargo, ella podía huir de aquel desastre de una manera más civilizada, sin tener que arrojarse al mar. ¿Qué pensaría Faruka de todo lo que estaba sucediendo? ¿Cómo reaccionaría? ¿De qué habrían servido sus consejos y sus terapias si sus niños, los niños de la doctora Faruka, se dejaban ahogar en las aguas del Mediterráneo de las que los habían salvado?

—La doctora ya no está, Mila —replicó Safyeh—. Quizá fue la primera en saber que no existe una solución.

—Da igual que nos denuncies —la secundó Sadira—. Si no nos liberamos esta semana, lo haremos la próxima, o el mes que viene. Da igual lo que hagas o dejes de hacer. Nadie nos puede ayudar, y tú lo sabes perfectamente.

—Ahora ya estás informada —concluyó Safyeh—. No vamos a consentir que vuelvas a regañarnos, ni que te burles de nuestras decisiones. Ahora te rogamos que te marches y que no interfieras en nuestros planes.

Me dejaron desarmada. Sudaba y temblaba como si acabara de correr muchos kilómetros. Los miré a todos, uno a uno, por última vez: de nuevo, la santita fue la única que me sostuvo la mirada.

Entonces, sin saber qué hacer, me eché a llorar en silencio y les di la espalda, dispuesta a marcharme.

—Mila. —Era la voz de Abdullah.

Me di la vuelta. El chico se había puesto de pie y detecté un miedo atroz en sus ojos llorosos.

–No se lo cuentes a nadie, por favor. Eres nuestra amiga y queremos confiar en ti. No tienes derecho a hacernos daño.

¿Conque yo les había hecho daño? ¿Estaban dispuestos a matarse y me reprochaban que les pudiera hacer daño? Negué con la cabeza y me marché corriendo del Refugio.

Hace muchos años, en medio del país de los lagos, se alzaba el castillo del rey Hasan. Era una construcción sólida y esbelta que se reflejaba en las quietas aguas de todos los lagos que la rodeaban y que resplandecía con la luz del sol gracias a las tejas de porcelana roja que recubrían las dos torres que la coronaban.

En aquel castillo vivía el rey Hasan con su mujer, la reina Hadida, y sus tres hijas, las hermosas princesas a quienes el rey había bautizado con nombres de flor. Un día de invierno, el día más frío que recordaba la familia, se puso enferma la hija mayor, Yasmin, y, pese a la intervención de los mejores médicos del reino, no pudieron salvarle la vida.

–¡Dios mío! –se lamentaba, desesperada, la reina–. ¿Cómo podremos seguir viviendo sin la presencia de nuestra joya más preciosa?

La reina enfermó de pena y se sumió en un pozo de desolación. El rey Hasan y sus dos hijas estaban desesperados y no sabían qué hacer: abatidos por la muerte de Yasmin, solo les faltaba ver cómo se hundía el pilar de la casa, la reina Hadida, que no quería comer ni se podía levantar de la cama de lo mal que se encontraba.

Uno de los consejeros del rey le habló de un encantador de serpientes que vivía cerca y que, según aseguraba la gente, era capaz de curar los males más dolorosos, especialmente los causados por enfermedades de la cabeza o del corazón más que por trastornos del cuerpo. Hasan hizo traer al encantador al castillo, le ofreció comida y bebida, y después lo acompañó a la alcoba de la reina.

—Necesito quedarme a solas con ella, majestad.

Hasan asintió con la cabeza y salió de la estancia. El encantador de serpientes se acercó a la cama, se sentó en un lado y agarró la mano de la reina con ternura.

—Reina Hadida. Me llamo Uxur y tengo la capacidad de curar los males del alma. El rey me ha dicho que la suya no la deja vivir en paz desde que se murió la mayor de sus hijas.

—¿Y tú crees que puedes curarme? —contestó ella, airada, pese a la debilidad—. ¿Te parece que puedes aliviar un dolor tan inabarcable, estafador?

—Si usted me ayuda, majestad, podemos intentarlo.

—¿Cómo, maldito farsante?

—En primer lugar, debe confiar en mí, majestad. Debe vencer cualquier prejuicio y ponerse en mis manos.

Tres días y tres noches pasó el viejo Uxur junto a la reina Hadida, encerrados en la alcoba. El hombre solo permitía que, dos veces al día, los criados dejaran una bandeja con comida y bebida detrás de la puerta. Él mismo, cuando creía que no había nadie al otro lado, metía los platos y los vasos y volvía a sacarlos una vez vacíos.

El cuarto día, el encantador salió de la alcoba de la reina y fue al encuentro de Hasan.

—Majestad, creo que hemos salido airosos.

Cuando el rey entró en la habitación de su mujer, se encontró una escena que no habría podido imaginarse ni en el mejor de sus sueños: la reina Hadida, levantada, vestida y maquillada con su elegancia natural, risueña y animada, abría los ventanales

para que entrara aire fresco y movía voluntariosamente algunos muebles que, al parecer, la estorbaban para su propósito.

–¡Hasan, querido! ¡Me siento pletórica! Anda, ayúdame a mover esta mesilla y este espejo de pie, que quiero cambiarlos de sitio.

El rey, atónito, contemplaba al viejo Uxur con los ojos como platos.

–Pero, esposa mía... ¿Por qué no pides ayuda a las criadas? ¿De verdad te encuentras bien? Si no hace ni tres días...

–Sí, sí, anda –lo interrumpió la reina–. ¡Ayúdame, hombre! No hace falta llamar a nadie para esta tarea tan leve.

–Pero ¿por qué quieres mover los muebles?

La reina se lo quedó mirando como si Hasan hubiera hecho una pregunta estúpida.

–¿Por qué? Pues porque quiero que duerma aquí, conmigo. ¿Dónde quieres que duerma si no, pobrecilla?

El viejo Uxur se encogió de hombros y agachó la cabeza cuando el rey le clavó la mirada, preguntándole qué demonios le pasaba a su esposa.

–¿Quién es «ella»? –se atrevió a preguntar Hasan a la reina con un hilo de voz.

Y justo entonces, maravillado e incrédulo, descubrió que encima de la cama de la reina había un corderito blanco que parecía de algodón.

El rey y sus hijas valoraron con creces el cambio que había provocado el viejo Uxur en Hadida. Si, por una parte, la vida en el castillo se volvió incluso mejor que antes de la muerte de la princesa, por otra, el hecho de ver a la reina todo el día con el cordero en brazos los desazonaba y los angustiaba. Hadida se mostraba contenta y activa; cuidaba a sus hijas como nunca y se pasaba horas en la cocina, una actividad en la que nunca había destacado. Era obsequiosa con Hasan y lo animaba a dar paseos por su reino. Por las noches, en el precioso saloncito al que llamaban «el Enamoramiento», Hadida satisfacía los deseos de su marido como lo haría la mejor de las amantes.

–Pero el asunto del cordero... –no dejaba de lamentarse el rey ante Uxur, el encantador de serpientes, que, desde la recuperación de la reina, vivía en el castillo con la familia.

–Majestad, debe ser comprensivo y tolerante con su esposa. La reina estaba hundida en un pozo oscuro y ahora ha salido de él más fuerte y vital que nunca. Ha transformado el dolor de la pérdida en la alegría de vivir. No ha sustituido a su hija por el corderito, señor, sino que ha proyectado en el animal todo el amor que sentía por la princesa.

–Pero ¿por qué eligió un cordero? ¿Por qué no me propone tener otra hija o por qué no ha volcado todo ese amor en una persona? Hay centenares de niños huérfanos en el territorio. ¿Por qué no me pide adoptar alguno?

El viejo Uxur no se cansaba de repetir al rey cómo se habían desarrollado los acontecimientos durante los días que estuvo confinado con Hadida en su alcoba. Él había hecho su trabajo tan bien como había podido, y la reina había sabido ponerse en sus manos. Uno de aquellos días de terapia, Uxur, al ver que la reina superaba su depresión, le había lanzado un hechizo: «Mire por el balcón, majestad –le propuso–, y busque lo más hermoso que encuentre en la naturaleza. Quiero que descubra la flor más colorida, la planta más bella. Quiero que elija la piedra más reluciente o la nube más suave. Escoja la doncella más esbelta, el ánfora más estilizada. Mire aquella bandada de gaviotas que cruzan el cielo y elija la más grácil, la que tenga las alas más *blancas. La grandiosa naturaleza, majestad, debe proporcionarle el consuelo para su pena.»*

–Y entonces la reina vio el rebaño de corderos que un pastor guiaba por los alrededores del castillo, majestad –le contaba Uxur a Hasan–, y decidió que aquel cordero recién nacido que el pastor llevaba en brazos era el recipiente donde quería volcar su dolor.

–Un cordero... –no dejaba de lamentarse el rey–. Entre todas las cosas hermosas tenía que fijarse en un cordero...

La reina había hecho instalar una cuna junto a su cama y allí dormía el cordero. La mejor hilandera del reino le confeccionó un lacito rojo de tela suave, así como una cuerda larga de terciopelo para llevarlo de paseo. El corderito comía con la familia y acompañaba a la reina en todas las salidas y las recepciones. Obligaba a sus hijas a jugar con él y lo obsequiaba con los mejores alimentos y golosinas.

Y si al principio tanto la familia como los visitantes pensaron que la reina se había trastornado, con el paso de los meses, y al ver lo feliz que era Hadida, acabaron aceptando aquel corderito como un capricho o una excentricidad que la había salvado de una muerte casi segura.

–¿Qué ocurrirá, Uxur –le preguntaba a menudo el rey al encantador de serpientes–, el día que la oveja envejezca? ¿Qué ocurrirá el día que su pelo blanco y suave se transforme en unas greñas largas, enredadas y amarillentas? ¿Cómo encajará la reina el día que el hedor que desprenda el animal no le permita vivir en casa con nosotros y tengamos que sacarlo fuera, al aire libre, que es el lugar natural donde deben vivir los animales?

–La naturaleza, además de bella, es sabia, majestad.

Se dice que, muchos años después, cuando una guerra sangrienta y cruenta había demolido el castillo y había obligado a *huir a la familia real que vivía allí, cuando de todo aquello solo quedaban ruinas y recuerdos, una oveja vieja y pesada, que nadie se explicaba dónde vivía y cómo subsistía, se acercaba al antiguo cementerio de los alrededores y, sentada como un perro encima de una tumba donde reposaban los restos de una princesa que había muerto joven, se dedicaba a comerse las malas hierbas que allí crecían.*

Y, colorín, colorado, este cuento se ha acabado.

Maruja estaba fumando un cigarrillo en la puerta de su bungaló.

—¿Qué haces tú aquí? —me preguntó al verme—. ¿No sabes que dentro de media hora empieza el toque de queda? ¡Vete a casa de inmediato! ¿No habrás llorado? Ven, acércate a la luz. ¡Sí, has llorado! ¡Tienes los ojos rojos!

—Necesito contactar con la doctora Faruka.

—¿Ahora? ¿A las siete y media de la tarde?

—Es muy urgente, señora Maruja.

—No me llames señora, caramba. Yo soy Maruja a secas.

Le conté que tenía un problema muy grave. Bueno, yo no, especifiqué. Eran los niños a quienes había tratado la doctora los que tenían el problema.

—¿A qué problema te refieres?

Le dije que no se lo podía contar, pero que la doctora debía saberlo enseguida. Que ella misma me había dicho en la carta de despedida que le escribiera un correo electrónico si algún día pasaba algo grave.

—¿Y ahora pasa?

—Pasará. La doctora debe saberlo.

—Malditos niños... —refunfuñó mientras me invitaba a entrar en el bungaló y tiraba la colilla al suelo—. No sé si encontraremos a la doctora a estas horas. Y ¿sabes por qué te hago caso, chiquilla? Porque los últimos días vi a Faruka preocupada. «Me huelo algo gordo», me dijo antes de marcharse. Y como sé que ella tenía mucha confianza en ti –me iba contando mientras encendía el ordenador portátil que había encima de una mesita de camping– y también sé que eres una niña sensata y responsable, te permitiré contactar con ella. Y no por mail, que correo va, correo viene, no acabaríamos nunca. No. Intentaremos contactar con ella por videollamada. Si podemos, vamos, que aquí las conexiones de internet no siempre funcionan...

Maruja se puso las gafas, encendió otro cigarrillo («Ya sé que no debería fumar. Pero aquí, si no fumara, me moriría») y empezó a teclear en el ordenador. Al cabo de dos intentos («Esta mierda no quiere funcionar»), al fin se oyeron unos silbidos y, de repente, apareció la cara de la doctora Faruka en la pantalla.

—¡Maruja! ¡Qué sorpresa!

—La sorpresa te la daré yo a ti –anunció la cooperante mientras me hacía un gesto para que acercara una silla a la mesa–. Mira a quién tengo aquí.

—¡Mila! ¿Cómo estás? Me dio mucha pena no despedirme de ti. ¿Recibiste mi carta?

—Buenas noches, doctora. Sí, no se preocupe. Espero que esté bien.

—¡Id al grano, demonios! –me alentó la cooperante–. En media hora empieza el toque de queda.

—Tenemos un problema, doctora. Me siento tan sola que creo que usted debe saberlo y ayudarme.

—Dime, Mila. ¿Qué pasa?

Me quedé callada. Maruja no podía oír lo que debía revelarle a la doctora. Ella estaba en el campo, con nosotros. Había prometido a mis amigos que nadie de allí se enteraría de lo que planeaban hacer.

—Se lo tengo que contar en secreto, doctora —susurré.

La cooperante, cuyo cuerpo estaba pegado al mío frente al ordenador, se separó un poco de mí y me miró extrañada.

—¿Quieres decir que yo no puedo oírlo? Anda, bonita, ya hago suficiente dejándote...

—Maruja —la interrumpió la doctora desde la pantalla—. Te quiero pedir un favor... No, más bien dos. Ya sé que me has hecho muchos desde que nos conocemos, pero de todas formas necesito pedirte dos más. El primero es que me dejes hablar con Mila a solas. Aprovecha para ir a la tienda de la señora Hadis y decirle que la niña está contigo, que no se preocupe. El segundo favor, Maruja querida, es que permitas que Mila se quede a dormir contigo esta noche, por si la conversación se alarga. Eres un sol.

La mujer se quedó con la boca abierta, pero de ella no salió ningún juramento ni queja alguna. Levantó el culo de la silla, se puso una cazadora y, cuando estaba a punto de salir, señaló la pantalla con el dedo.

—Ya hablaremos de esto, amiga Faruka. Ya hablaremos.

—Eres un sol —repitió la doctora.

—Eso. Un sol. Como el que brilla en Torre Pacheco, mi pueblo, y no esta mierda de tiempo que tenemos aquí.

Cuando la mujer se hubo marchado, y poco a poco, para que mi inglés fuera inteligible para la doctora en un tema tan delicado como aquel del que le hablaba, le conté qué había pasado. Ella me dijo que conocía a Safyeh, que había charlado con ella una o dos veces fuera de la consulta. También sospechaba que sería una mala influencia para Sadira, pero se quedó atónita de que chicos como Abdullah también la creyeran.

Le hablé del encuentro de aquella misma tarde en el Refugio. De lo decididos que estaban a poner en práctica la idea de Safyeh. Que no sabía cuándo ni dónde. Sí que sospechaba cómo: la santita los incitaría a lanzarse al mar en algún punto de la costa de Lesbos si conseguían salir de Kara Tepe sin ser vistos.

La doctora se frotó los ojos con las manos.

–¿Sabes qué creo, Mila? Que no puedes dejarlos solos. Es lo que haría yo si aún estuviera allí. Me arrepiento de haberme marchado, porque, en el fondo, intuía que iba a pasar alguna desgracia como esta. Escúchame bien. Ahora yo no estoy, pero tú sí.

–¿Y qué debo hacer, doctora? ¿Qué puedo hacer yo para salvarlos? Si los denuncio a...

–No. Denunciar no serviría de nada, Mila. El cerebro de cada persona es un espacio que nadie puede conquistar, que nadie puede gobernar. Es lo único que realmente nos pertenece. Es más importante que el cuerpo. Una herida en el cuerpo se puede curar. Los médicos saben hacerlo. Pero para las heridas de la cabeza, Mila, de esa parte de una persona que nadie controla y a la que nadie puede acceder, es necesaria otra clase de medicina.

–Usted podía hacerlo. Usted es médica de la cabeza, doctora Faruka. Usted nos ayudó.

–¿Y de qué sirvió si, como dices, están a punto de cometer un acto tan terrible? ¿Qué fuerza tuvieron mis terapias, mis conversaciones, mi esfuerzo? Yo me considero una buscadora en la basura, una rastreadora de estercoleros. No sé si me entiendes.

–No. No entiendo esas palabras en inglés...

La expresión de la doctora en la pantalla había cambiado mucho desde que empezamos la conversación. De repente parecía agotada, abatida. Le costaba hablar. Decía algunas palabras en francés y otras en persa. Se frotaba los ojos, recostaba la cabeza en la mano (debía de tener el brazo apoyado en una mesa) y era como si tuviera sueño o la aburriera el tema del que hablábamos.

—La única posibilidad que tenemos es acompañarlos y no dejarlos solos. Es luchar a su lado hasta el último momento, hasta que no quede esperanza. Estar presente hasta el último suspiro, Mila. Intentar convencerlos hasta que no puedas más. Apoyarlos, aunque estén al borde del acantilado. Estar presente incluso durante el momento previo a que se arrojen por el precipicio. Dejarles claro que tú estás allí con ellos y que no te marcharás mientras sigan vivos. Que entiendan que tú eres la vida, la salvación.

—¿Cómo puedo hacer eso, doctora? Solo tengo diecisiete años.

—Ellos saben que has estado muy cerca de la frontera que quieren cruzar. Saben que has decidido no cruzarla. Te admiran por eso. Es la única arma que tenemos.

—Pero ahora le hacen más caso a Safyeh que a mí, doctora...

La doctora Faruka se quedó unos segundos en silencio. De golpe, fue como si algo la hubiera despertado. Como si una idea le hubiera llamado la atención. Acercó la cara a la cámara del ordenador y, por primera vez, la pantalla captó un primer plano de sus ojos.

—Tengo un presentimiento, Mila. Quizá porque hace muchos años que batallo con los desórdenes que los adolescentes tenéis en la cabeza y porque soy una rastreadora de mierda empedernida. Sí, chica, tengo un presentimiento que confío en que no me fallará.

* * *

Efectivamente, el presentimiento de la doctora Faruka no falló. Al día siguiente, después de pasar la noche en el bungaló de Maruja, puse en práctica el plan que la doctora y yo habíamos tramado durante la videollamada. Primero de todo, hablé con Sadira. Lo hice al salir de la escuela. Mis dotes de actriz, que nunca me habían servido, resultaron tan buenas como había pronosticado la doctora.

Le aseguré a la chica que no había pegado ojo en toda la noche, pensando en ellos, en mis amigos y en lo que habían decidido hacer juntos. Le dije que estaba intentando engañarme a mí misma. Que mi vida, como la de ellos, no tenía sentido; que debía ser realista y aceptar que no me esperaba nada bueno. Que incluso había perdido la ayuda de la doctora, que también me había abandonado marchándose a Francia sin ni siquiera despedirse. Hecha un manojo de nervios (eso no era ninguna interpretación: estaba nerviosa por si descubría que la estaba engañando), le dije que yo me había acercado mucho a la muerte en aquel avión libio y que por eso la temía. Pero que una cosa era morirse sola, congelada en el tren de aterrizaje de un avión, y otra muy distinta era hacerlo acompañada de mis amigos, de la gente a la que más quería.

—No nos moriremos, Mila —dijo ella, agarrándome las manos temblorosas—. Nos liberaremos de esta pesadilla y, como dices, lo haremos juntos. Eso no tiene que darte miedo, sino llenarte de esperanza. Safyeh...

—No me gusta esa chica, Sadira —la interrumpí—. Ese es otro motivo que me hace dudar de lo que habéis acordado. No me la creo ni a ella ni al profeta que dice que la visita. Ella no es de los nuestros.

—Sí que lo es, Mila. No le has dado la oportunidad de conocerla.

—¿No te da miedo lo que cuenta? ¿No dudas de lo que propone? Yo también quiero escaparme de aquí, pero ¿quién nos asegura que lo que vamos a hacer es bueno? ¿Quién nos dice que no puede ser más espantoso que la vida en Kara Tepe?

—No puede haber nada peor que este campo de refugiados.

—¿Y tu familia? ¿No has pensado en cuánto van a sufrir tu madre y tus hermanas cuando te marches?

Sadira asintió con otro gesto de la cabeza y tuvo que secarse unas lágrimas que le humedecían los ojos.

—También sufren ahora, cada vez que no puedo evitar hacerme daño —dijo al fin—. Si me marcho, tanto ellas como yo dejaremos de sufrir.

—Entonces contad conmigo, Sadira. Yo os acompañaré. No quiero quedarme sufriendo por todos vosotros. Dile a Safyeh que he cambiado de opinión.

Por la tarde, fui a buscar a Abdullah a su casa. Su abuela, como de costumbre, estaba contando un cuento a sus hermanas, sentadas en la puerta de entrada. Fuimos a charlar a un campo raso que había cerca.

—Vengo a pedirte perdón, Abdullah —le dije.

—No tengo nada que perdonarte. En cualquier caso, eres tú quien se merece una explicación. Te he decepcionado.

—Te equivocas, y eso es lo que me duele. Por eso estoy aquí. No puedes ni imaginarte el miedo que siento por no ser capaz de hacerte cambiar de opinión.

El chico se sentó en el suelo, con las piernas recogidas. Rehuía mi mirada mientras me hablaba.

—No puedo más, Mila. Lo he intentado. He tratado de pensar que todo eso es una locura. Que Safyeh está chiflada. Que todos estamos locos.

—Todos estamos desesperados, pero no locos, Abdullah. Todavía no.

—La semana pasada, hacía planes con mis vecinos, Abbas y Nasir. Aguantaríamos aquí lo que hiciera falta y, cuando obtuviéramos el visado, nos marcharíamos a Europa. Ellos querían ir a Dinamarca; mi familia y yo, a Alemania, ya lo sabes. Era un sueño, pero un sueño de futuro. Abbas y Nasir murieron la semana pasada. Volvían de jugar un partido de fútbol y el tiroteo los pilló por casualidad. Dos balas debían de ir destinadas a sus cuerpos, y no fallaron.

—No fue culpa suya. Ellos no eligieron ponerse en el camino de las balas.

—Quizá haya una bala destinada a mí. Quizá, además del hambre, el miedo y la miseria, me espere una bala.

—Eso no podemos saberlo.

—¿Qué sentido tiene sufrir todo lo que nos toca vivir si al final hay una bala? Esto, que antes ni lo pensaba, ahora lo entiendo perfectamente: no tiene ningún sentido, Mila.

Nos quedamos un par de minutos en silencio.

—He venido para decirte que os acompañaré —le revelé—. Iré con vosotros, porque no quiero quedarme sola.

Abdullah me agarró la mano y, por primera vez, me miró con lágrimas en los ojos.

—Lo siento, Mila. En el fondo, deseaba que fueras más fuerte. Que fueras la única fuerte de todos nosotros.

* * *

Al cabo de dos días, nos encontramos en el Refugio por última vez. Safyeh me dio la bienvenida y dos besos en las mejillas. Llevaba un sari que le quedaba grande y parecía una sacerdotisa. Dijo que debíamos sentirnos felices, porque nuestra aventura nos haría libres.

—Nos transformaremos en pájaros y nos crecerán alas —dijo—. Con ellas podremos volar.

Había planificado el día y el lugar. Lo tenía todo estudiado. Cerca del barrio donde vivía, ocupado desde hacía poco tiempo, había una brecha en una de las rejas que cerraban el campo. Se había roto la noche de las revueltas y parecía que no hubieran tenido tiempo de repararla o que la hubieran dejado a medias. Era tan estrecha que solo podía pasar el cuerpo estrecho de un niño. Aquel rincón abierto estaba custodiado día y noche por un soldado armado. Safyeh sabía cuándo cambiaba la guardia. También sabía que a menudo el soldado que entraba y el que salía se alejaban un poco juntos de aquel paso abierto para fumarse un cigarrillo y charlar de sus cosas. En el cambio de turno de la madrugada, iban a fumar debajo del tejado que pertenecía a una construcción de ACNUR, a pocos metros de distancia. La santita sabía que desde allí era imposible ver la rendija.

—Lo haremos pasado mañana. Muy temprano, durante el cambio de guardia. Nos encontraremos a las cinco de la madrugada detrás de mi casa. Sadira os guiará. No traigáis nada, ningún equipaje. Adonde iremos no lo vamos a necesitar. Si tenéis, mejor que os pongáis zapatillas deportivas que sandalias o chanclas, porque el camino es largo y pedregoso. No os dará tiempo a desayunar en casa: si podéis, llevaos algo de comer en una bolsa de plástico. También algún botellín de agua: durante el camino no encontraremos ninguna fuente ni ningún charco. No os despidáis de la familia, por mucho que os cueste. No pueden saber adónde iremos ni a qué hora nos escaparemos. Es preferible que, a partir de ahora, no nos juntemos, que no hablemos entre nosotros. Mañana será un día extraño y difícil, debemos procurar que nadie se dé cuenta de que tenemos un plan que llevar a cabo. El lugar al que nos dirigimos es precioso. Sadira y yo lo visitamos hace unos días. Salimos del campo, pero no para ir a Mitilene. Dimos la vuelta por detrás de la planta de tratamiento de aguas, sin que nadie nos viera, y nos encaminamos hacia donde iremos juntos pasado mañana. Se ve el mar y el horizonte. Allí tendremos tiempo de recordar a nuestros familiares y de rezar por sus almas y por las nuestras.

Al día siguiente, por mucho que lo intentamos, Maruja y yo no pudimos ponernos en contacto con la doctora Faruka.

—Esta mierda de wifi funciona cuando le parece —se lamentó la cooperante mientras llamaba insistentemente al móvil de la doctora desde la puerta de su apartamento—. Y, además, debe de estar ocupada o vete tú a saber, porque tampoco me coge el maldito teléfono.

Volví a casa antes del toque de queda. La señora Hadis me había preparado una sopa de fideos y de postre nos comimos una manzana. El día siguiente sería uno de los más importantes de mi vida, porque tenía una misión que de entrada me parecía imposible: salvar a mis amigos. Salvar a los niños de la doctora Faruka. Unos días antes, ella misma me había advertido de que sería una tarea ardua para una chica tan joven como yo. Quiso que habláramos de mis compañeros, uno por uno. Me pidió que reconociera que disponía de cierto poder sobre ellos. Siempre me habían respetado, siempre habían hecho caso de mis opiniones y habían aprobado mis decisiones, que resultaban sensatas y prácticas. Yo era la única que podía ayudarlos.

—¿Cómo? —le había preguntado.

—Como siempre. Mostrándote segura. Transmitiéndoles firmeza. Siendo la Mila razonable que no se equivoca y que quiere el bien para todo el mundo.

—Ni siquiera tengo la capacidad de la abuela de Abdullah... —susurré.

—¿Qué capacidad tiene esa mujer?

—La de contar historias y cuentos. Cuentos fantasiosos que no son más que un puñado de mentiras y de exageraciones.

—¿Y qué pasa cuando los cuenta? ¿La escuchan?

—¡Claro! ¡Les fascinan! Allí solo hay palacios de ensueño y reyes buenísimos o muy malvados. Siempre abunda la comida y la bebida, hay princesas hermosas y valientes. También puede haber brujos o fantasmas...

—¿Y a ti no te gustan los cuentos de la abuela de Abdullah? —me interrumpió la doctora.

—Sí, supongo que sí. De todos puedes sacar alguna lección, o te hacen pensar cosas que no te habías planteado nunca. Yo entiendo que son fantasías que no tienen nada que ver con nuestra vida. No hablan de la cotidianidad ni de la miseria...

—Pero te gustan —volvió a interrumpirme la doctora.

Asentí. Mientras los escuchábamos, era como si todo el resto desapareciera. Como si no estuviéramos en Lesbos. Incluso como si no estuviéramos en 2021. Como si no estuviéramos desesperados y muertos de hambre, de miedo y de aburrimiento.

—Los cuentos son como un refugio, ¿verdad? Son como el Refugio que tenéis vosotros al otro lado de la colina. Piénsalo, Mila. Quizá debas llevarlos allí. ¿Sabes cuál es el libro de cuentos más famoso de la historia? Se llama *Las mil y una noches*. Es de procedencia árabe, como la mayoría de vosotros. ¿Sabes de qué va? De contar cuentos para salvarse. Había un rey que todas las noches desposaba a una chica y la mataba al día siguiente, porque no quería atarse a ninguna de ellas de por vida. Un día escogió a Sherezade, una hermosa jovencita que tenía el don de la inventiva. «¿Quiere que le cuente un cuento, majestad?», le preguntó la primera noche. El rey dijo que sí, que con un cuento se entretendría. Sherezade, que era muy espabilada, como tú, decidió alargar el relato y dejarlo sin terminar cuando amaneció. El rey no la mató aquella madrugada porque quería saber cómo terminaba la historia. «Si quiere, mañana por la noche seguiré contándoselo, porque es muy largo.» Y así lo hizo. Sherezade contó cuentos que no se acababan nunca durante mil y una noches, y así salvó la vida.

–¿Y de qué iban los cuentos?

–Un poco de todo. Eran un reflejo de la vida. Los había sobre personajes ricos y pobres, felices y desdichados; había cuentos sobre gente ingeniosa y otros sobre zoquetes; había cuentos de amor y de guerra, de paz y de tragedias. Había cuentos sobre personas y animales; cuentos sobre la vida y la muerte; cuentos sobre el amor y la enfermedad. Cuentos de ladrones y de gente honrada. Pero por encima de todos ellos planeaba el propósito de Sherezade: salvarse de la muerte.

El día señalado no pegué ojo ni una hora. La señora Hadis estaba profundamente dormida cuando me escabullí del barracón y fui a buscar a los demás. Una vez que llegamos al lugar acordado, descubrimos que faltaba alguien. La intuición de la doctora Faruka no había fallado.

–Falta Safyeh. Tenemos que esperarla –insistía Sadira.

Estábamos escondidos en una especie de zanja abierta cerca de donde vivía la santita.

–No va a venir –les anuncié–. Tiene más miedo que todos nosotros juntos. Es la más cobarde.

–¿Y ahora qué hacemos? –preguntó Hamir.

Miré a Sadira. Pese a la oscuridad casi absoluta, descubrí que echaba chispas. Estaba decepcionada y angustiada al mismo tiempo.

–Yo sé llegar al lugar adonde tenemos que ir –dijo al final, casi a regañadientes.

«Todo será más fácil cuando ella no esté –me había explicado la doctora Faruka–, y tú habrás recuperado toda tu fuerza. Volverás a ser la Mila de siempre para todos. Y entonces tendrás que guiarlos no hacia la muerte, sino hacia la vida. Pero tómate tu tiempo. No te adelantes ni quieras ahorrarte el camino. No entenderán que han estado a punto de cometer una locura hasta que no hayan recorrido un buen trecho.»

–Sí, vayamos, que pronto saldrá el sol –propuse con decisión–. Tendrás que guiarnos tú, Sadira.

La luz del alba nos pilló caminando, en fila india, hacia el acantilado adonde nos conducía Sadira. Soplaba un viento fuerte y no decíamos palabra. Yo iba delante, junto a nuestra guía. Tampoco hablábamos. En un momento dado, me di cuenta de que lloraba y, disimuladamente, aminoraba el paso y se quedaba rezagada. Sadira debía de sentir mucha rabia por la deserción de Safyeh. También debía de sentirse engañada, además de angustiada por lo que iba a ocurrir a continuación. Yo no la retuve a mi lado. Tal y como había predicho la doctora Faruka, volvía a liderar a mis amigos y, como ella y yo habíamos acordado, estaba en mis manos llevarlos en una dirección completamente opuesta.

Me di la vuelta una vez para mirarlos. Los niños de la doctora Faruka avanzaban cabizbajos y en silencio. Experimenté una pena inmensa y, al mismo tiempo, una ternura infinita. Los quería muchísimo y, aquel día, mi misión era salvarlos.

Como si alguien (humano o divino) me hubiera leído el pensamiento y hubiera escuchado mis ruegos, el azar quiso poner a un niño muerto en nuestro camino.

Yacía en el suelo, junto a una roca. No tenía heridas y supuse que se había muerto de frío o de hambre. No sabía si la parca lo había alcanzado huyendo del campo o intentando llegar a él desde vete tú a saber dónde. En las caras de mis compañeros se reflejaba el desconcierto.

El niño muerto era como un espejo. ¿Allí nos dirigíamos? ¿Allí queríamos llegar? ¿Aquella soledad, aquella frialdad, aquella nada eran lo que la santita llamaba «el paraíso»?

Entonces me inventé que aquel pobre cuerpo reclamaba sepultura por parte de su familia o de alguien que lo hubiera conocido o lo hubiera querido. Les dije que no podíamos dejar que los buitres se lo zamparan o que alguien lo recogiera y lo enterrara en una fosa común. Que eso nos traería mala suerte.

Mala suerte. Ellos, que en teoría habían escogido el mismo camino que el pobre desconocido. Ellos, los niños de la doctora Faruka, que no estaban nada seguros de que aquel camino fuera el que realmente querían tomar. Los obligué a recular y a regresar al campo.

Y, como también me había sugerido la doctora Faruka, me dispuse a contarles el primero de los cuentos que me inventaría para ellos. El primero de los cuentos refugio que tenían que salvarnos la vida.

Esperé a que alcanzasen las puertas de Kara Tepe. Llegaron desalentados, cansados y abatidos. Volvían de un viaje extraño para el cual solo habían comprado el billete de ida, en teoría. Pero finalmente habían logrado regresar. Con todos los problemas, los quebraderos de cabeza, la situación penosa que vivíamos cada día los refugiados de Lesbos. Pero estaban vivos. Estaban allí. Sucios, resignados, famélicos, desencantados tal vez, aliviados quizá. Pero vivos.

Les pedí que se sentaran en corro, como acostumbrábamos a hacer todos los días en el Refugio.

Y entonces les dije que les contaría un cuento para celebrar que habíamos sobrevivido. Y que les contaría otro cada día mientras estuviéramos juntos y sanos y salvos.

Entonces, justo en aquel momento, les contaría el primero.

Nadie dijo nada. Cabizbajos, esperaron a que empezara.

—«Desde hacía un montón de años, los habitantes de Hohlakoura...»

—¿De qué van a servir los cuentos? —me interrumpió Castaña.

—Los cuentos curan. Los cuentos salvan.

—Entonces deberíamos salir nosotros en el cuento, Mila —sugirió el niño.

Desde hacía un montón de años, los habitantes de Hohlakoura sabían que en medio del bosque que se extendía a las afueras de la población vivía una bruja maléfica. Los más ancianos recordaban cuándo y cómo había llegado la desconocida a la ciudad, y ya entonces aventuraron que aquella extraña les traería problemas. Se contaba que había sido deportada allí desde un país extraño y que había llegado sola y sin equipaje. Después de provocar conflictos con todo el mundo que pretendía ayudarla y sin despertar en ellos la menor empatía, la mujer, que todavía era joven, los maldijo con insultos y palabras malvadas y se adentró en el bosque, anunciando a gritos que nadie sería bienvenido en su territorio. A causa de todas aquellas amenazas, nadie se atrevía a internarse en el bosque, que, a partir de entonces, se llamó «los dominios de la bruja». En todos aquellos años, nadie había vuelto a verla: nadie había entrado en el bosque ni ella había salido de él. *«Ahora debe de ser vieja y quizá ya esté muerta»*, decían las abuelas, pero de todas formas no permitían que ningún niño se adentrara en la arboleda por temor a que se la encontrara.

Sin embargo, un día, un grupo de amigos que vivían en Hohlakoura se pusieron de acuerdo para vivir una aventura: sin que sus padres lo supieran, decidieron ir al bosque y comprobar si la bruja seguía allí.

Mientras se dirigían allá, los amigos fantaseaban sobre el aspecto de aquella mujer. Todos tenían presente la imagen de las brujas que habían visto en películas, que habían leído en cuentos o que habían escuchado en las historias que les contaban los abuelos.

—Yo creo que es vieja y sucia. Que lleva una capa llena de agujeros y que anda descalza. Tiene los pies peludos y lleva las uñas larguísimas y llenas de mugre. En la cabeza lleva un sombrero muy alto, al que se pegan los piojos, los gusanos y las mariposas muertas.

—Pues a mí me parece que es alta y gorda, que viste con pieles de conejo como las mujeres de las cavernas prehistóricas. Creo que tiene los dientes puntiagudos porque caza animales y se los come a mordiscos. Si no, ¿cómo habría sobrevivido tantos años sola en el bosque?

—Yo me imagino que vive en una casa de cañas que se ha construido ella misma. Allí, en un rincón, ha hecho un agujero en el suelo que llena de leña para encender fuego. Tiene una cazuela enorme y oxidada donde hierve los animales que caza, las plantas que arranca de los márgenes del bosque y los harapos que ya no se puede poner. ¡Debe de oler a rayos!

Ellos mismos se reían de las tonterías que iban diciendo. Sin embargo, la mayoría estaban atentos a los movimientos de las zarzas y de los matorrales y, cuando el viento hacía temblar las copas de los árboles, levantaban la mirada, angustiados. No obstante, a todos les infundía más temor la reacción de sus padres cuando se enterasen de adónde habían ido. Les daba más miedo la bronca que la presencia de una bruja de cuento.

El clima de la zona propiciaba que la naturaleza fuera exuberante, húmeda y densa. Los troncos de los árboles eran fuertes y estaban recubiertos por una corteza saludable; las ramas eran altas y esbeltas y buscaban la luz del sol; las hojas, de un verde radiante, eran anchísimas, de tacto suave, y estaban húmedas, como si sudaran. ¿Cómo iba a vivir una bruja vieja y sucia en un lugar tan rebosante de salud y de verdor?, se preguntaban.

Al cabo de media hora de camino esquivando enormes raíces que sobresalían de la tierra y separando frondosas cortinas de hojas, tallos y lianas, los chicos llegaron a una especie de claro del bosque, donde se alzaba una casa bellísima, majestuosa.

–¿Qué diantres es esto? ¡Parece un palacio!

Se detuvieron de golpe y, sorprendidos, admiraron aquella construcción que constaba de dos pisos, una escalinata y un porche. Dos torres imponentes, rematadas en un tejado en punta, custodiaban el cuerpo principal, que parecía recién pintado de lo reluciente que estaba. Las molduras encima de las ventanas, las estatuas del jardín delantero y el anchísimo balcón de la primera planta dejaron sin aliento a la pandilla, que observaban la mansión boquiabiertos.

–¡Mirad! ¡Hay alguien detrás de los ventanales!

En efecto, una mujer alta y relativamente joven los saludaba con la mano. Desapareció tras las cortinas y enseguida se abrió la puerta del balcón. Aquella mujer iba ataviada como una princesa de cuento, con un vestido hasta los pies que brillaba como si fuera de nácar. Tenía el pelo rubio y largo y lo llevaba recogido con una diadema de flores naturales. Volvió a saludarlos con una mano, y con la otra los invitó a acercarse.

–¡Buenos días, niños! ¿Os habéis perdido? ¡Bienvenidos a mi casa! Esperadme ahí, que ahora bajo.

Los intrépidos excursionistas se miraron los unos a los otros sin decir nada: no daban crédito a aquel hallazgo tan extraño. ¿Qué hacía allí aquel palacio tan espléndido, habitado por una princesa tan hermosa y amable? ¿No se suponía que en el bosque iban a encontrarse a una bruja horripilante?

La señora salió por la puerta principal y bajó los escalones sujetándose la amplia falda de su vestido de princesa. Descubrieron que iba muy maquillada y que llevaba los ojos y los labios pintados. El colorete que se había puesto en las mejillas apenas ocultaba la blancura de porcelana de su piel. Todos pensaron, sin decirlo, que seguramente la señora era mayor de lo que habían supuesto al verla por el balcón.

–¡Qué ilusión que vengáis a visitarme! No sabéis la de tiempo que hacía que ningún excursionista pasaba por aquí.

–¿Vive sola en este caserón, señora? –preguntó Sadira.

–Pues sí, completamente sola desde hace muchos años. Soy viuda, ¿sabéis? Por desgracia, mi marido, el gran duque de Lipsi, murió bastante joven, y desde entonces la soledad y yo somos buenas amigas. ¡A la fuerza! –exclamó la desconocida a continuación.

–No sabíamos que en el bosque viviera un duque… –dijo Castaña en voz baja–. Nadie nos lo había contado. Pensábamos que en el bosque vivía…

Abdullah le dio un codazo para que se callara. Estaba convencido de que Castaña completaría la frase diciendo que allí vivía una bruja. Enseguida se dirigió a la mujer con el propósito de cambiar el tema de conversación.

–Y ¿se está bien aquí? ¿Se siente protegida? Como no se ve ninguna casa en los alrededores... De hecho, desde que caminamos por el bosque, la única vivienda que hemos visto es la suya.

–Si soy sincera –dijo la señora–, la verdad es que añoro la compañía de la gente. Me gustaría recibir visitas, compartir comidas o paseos con otras personas..., pero nunca viene nadie.

–¿Y usted no va a la ciudad? ¿Nunca va a comprar o a comer a un restaurante?

–¡Muy de vez en cuando! ¡Menos de lo que quisiera! –contestó ella, riéndose–. Mi marido y yo nos acostumbramos a cultivar un huerto y a alimentar a un pequeño rebaño. Tengo un gallinero y yo misma hago el pan en un horno de leña. El duque y yo éramos tan ricos que tengo miles de vestidos y de zapatos. ¡Algunos ni siquiera los he estrenado! Pero habladme de vosotros, por favor. ¿Sois de Hohlakoura? ¿Cómo os llamáis?

Los chicos le dijeron sus nombres y la señora estrechó una mano tras otra. También le contaron que vivían en el pueblo y que eran amigos.

–¿Por qué habéis venido hasta aquí? preguntó ella.

–Nos habían dicho que el bosque era exuberante, y no lo conocíamos –se apresuró a contestar Abdullah–. ¡Hemos venido de excursión!

–Pues primero de todo, y como buena anfitriona, me encargaré de aplacar la sed y el hambre de estos excursionistas. ¡Dadme diez minutos y os prepararé un buen tentempié! Mientras tanto, podéis recorrer mi modesto jardín y sentaros en las hamacas. ¡Necesitáis descansar, después de una larga caminata!

La señora volvió a sujetarse la falda y subió corriendo por las escaleras hacia el interior de la mansión.

–¿Estáis tan alucinados como yo? –preguntó Mila.

Ninguno se podía creer lo que sucedía. Todos se formulaban muchas preguntas: ¿quién era aquella mujer? ¿Por qué nadie les había contado que en medio del bosque vivían un duque y una duquesa? ¿Quién y cuándo había construido aquel fastuoso caserón?

–¿Por qué esta mujer que vive sola y nunca ve a nadie va vestida como si estuviera a punto de ir a una fiesta? ¡Creo que jamás se ha dejado ver por la ciudad!

–¿De dónde saca el dinero para pagar todos estos lujos? ¿Alguien conoce a algún jardinero que trabaje aquí? ¡Este paraíso no se conserva solo! ¡Mirad! ¡Hay una piscina!

En medio de una zona de césped espectacular, habían construido una piscina enorme. Los chicos se aproximaron y descubrieron que el agua estaba limpísima y que la pintura del interior, de un azul luminoso, resplandecía como un cielo de primavera. ¿Quién se bañaba allí? ¿Quién cuidaba todo aquello? Alrededor de la piscina había ocho o diez hamacas que parecían recién estrenadas.

–Aquí hay un montón de cosas que no encajan –observó Mila.

–Creo que somos víctimas de un espejismo –dijo Landro–, como aquellos que caminan por el desierto y de repente ven imágenes que no se corresponden con la realidad... ¿Es verdad todo lo que vemos?

–¡Chicos, chicas! –gritó la señora, que había salido al jardín de nuevo–. ¡Venid! ¡Ya está todo listo!

Mientras se dirigían hacia ella, Mila advirtió a la pandilla de que tuvieran cuidado.

–Todo el mundo nos había dicho que en el bosque encontraríamos una bruja repugnante y peligrosa y, en cambio, nos ha recibido una señora encantadora. Pero igual que no nos creíamos del todo la existencia de la bruja, tampoco podemos fiarnos de la duquesa...

–Las brujas tienen la capacidad de lanzar hechizos –añadió Castaña.

–¡Exacto! ¿Y si todo esto no es más que una alucinación, como ha dicho Landro? Debemos ser prudentes y andarnos con cuidado.

La señora los invitó a entrar en aquella especie de palacete. Estaba muy bien amueblado: unas mullidas alfombras cubrían el suelo y unos cortinajes de seda y terciopelo caían como una cascada frente a los ventanales. Candelabros, grandes pinturas enmarcadas, sillones orejeros comodísimos y grandes ramos de flores fresquísimas llenaban el espacio, que los recién llegados no dejaban de admirar.

–¡Qué preciosidad, señora! ¡Ya nos gustaría vivir en un lugar así!

–La verdad es que mi difunto marido tenía una sensibilidad especial para la decoración. Todo es obra suya. Yo solo me encargo de conservarlo tal y como le gustaba a él. ¡Sentaos a la mesa! Espero que os guste todo lo que os he preparado. Debéis de estar muertos de hambre.

En medio de un salón inmenso y luminoso, lucía una mesa redonda bien puesta, llena de cosas deliciosas para comer. Los visitantes, perplejos y boquiabiertos, pensaron que aquello no tenía ningún sentido: ¿cómo había podido preparar aquella señora semejantes manjares y golosinas en tan poco tiempo? ¿Cómo había sido capaz de elaborar los pasteles, cortar la fruta y poner la mesa de esa manera si apenas habían llegado un cuarto de hora antes? ¿Cuándo había preparado aquellas enormes jarras de chocolate caliente, que humeaba y desprendía un aroma exquisito?

–Se lo agradecemos, señora, pero no tenemos hambre... –se excusó Mila.

–¿Cómo que no tenéis hambre? ¿Ni sed tampoco?

Los chicos se miraron de reojo y, a regañadientes, negaron con la cabeza. La duquesa puso los brazos en jarra y les dedicó una mirada incrédula.

–¿Cómo puede ser que no os apetezca probar la comida que he preparado? ¿Tenéis miedo? ¿O es que os da vergüenza? Anda, dejaos de pamplinas y disfrutad de mi modesto ofrecimiento. ¿No quieres una taza de chocolate? –preguntó la mujer, dirigiéndose a Castaña y acariciándole el pelo amorosamente–. ¡Me encanta recibir visitas y ser la anfitriona! Estoy tan sola...

–¿Los pasteles son de verdad, señora? –preguntó Landro, sin poder contenerse–. ¿Le importa que toque uno con la punta del dedo?

La mujer se quedó atónita y puso cara de no entenderlo.

–Puedes tocarlo y comerlo, chico. ¿O te crees que los he pintado? –se rio.

–¿Cómo le ha dado tiempo a preparar todo esto, señora? Solo hace unos minutos que hemos llegado... Nos da miedo que sea un hechizo.

–¿Un hechizo?

–Nos han contado que en el boque vive una bruja, señora –decidió revelar Sadira–. Y las brujas tienen la capacidad de lanzar hechizos como el que estamos viviendo... Un palacio precioso en medio de la naturaleza, una mesa bien puesta y llena de exquisiteces...

—¿Me estás diciendo que soy una bruja?

—Ah, no, señora... Usted formaría parte del hechizo: una mujer hermosa y elegante, acogedora y obsequiosa... Usted no sería la bruja, sino su creación.

—Y ¿dónde está la bruja de la que hablas?

Entonces, a través de los ventanales, todos vislumbraron unas piernas enormes que se movían lentamente y hacían temblar el caserón. Unas piernas sucias, peludas y arrugadas como las de un elefante gigantesco. La propietaria de aquellas piernas debía de ser más alta que el palacio. De repente, todo se tambaleó como si hubiera un terremoto, y la casa se levantó: alguien tiraba de ella por el tejado. Los cimientos debían de haberse separado de la tierra, y los chicos se abrazaron a los muebles y a las columnas para no caerse.

—¿Qué demonios está pasando? —gritaron los excursionistas, muertos de miedo.

La casa se elevó lentamente. Era como si volara, como si fuera un pájaro y tuviera alas. Sin soltarse de los lugares aparentemente firmes a los que se agarraban, los jóvenes observaron a través de los ventanales cómo su refugio se alzaba en paralelo al cuerpo del enorme monstruo que causaba el estrépito que los sacudía: vieron las rodillas y los muslos, y, a continuación, las nalgas, el vientre, el torso... No podían distinguir si el monstruo iba vestido o desnudo de lo extraña que era la materia de la que estaba hecho: una especie de piel gruesa y reseca, como una corteza de árbol, rugosa, cubierta de musgo, sucia de polvo y de hojarasca. El pecho, el cuello y, al fin, la cara (suponiendo que aquello pudiera llamarse cara) más pavorosa que habían visto jamás.

Dos ojos estrábicos y llenos de legañas, coronados por unas pestañas negras que parecían hojas muertas de palmera, quedaron enmarcados por los dos ventanales del lujoso salón. Dos ojos que observaban el interior y debían de descubrir a los humanos atemorizados que se amontonaban allí. Entre ellos crecía una nariz tumefacta con forma de patata vieja y germinada que acababa en dos cuevas oscuras y profundas de las que salían unos pelos negros y enredados como telas de araña.

–¡Es la bruja! –exclamó Castaña, aterrorizado por el espectáculo–. ¡El gigante que empuja hacia arriba es la bruja de la leyenda! ¡Nos va a devorar, como en los cuentos!

De repente, el temblor se detuvo. Todos se imaginaron que el monstruo había depositado el palacio en la palma de su mano sarmentosa y se dedicaba a inspeccionar con deleite todo lo que iba a llevarse a la boca. Mila, aturdida, se dio cuenta de que la duquesa ya no estaba con ellos: no la habían visto huir. Simplemente había desaparecido. «Es evidente que era un espejismo –pensó–. Era el anzuelo para hacernos entrar en el palacio, reunirnos a todos y poder devorarnos de un bocado.»

–¡Estamos perdidos! ¡No podemos escapar!

–¡Nos han tendido una trampa! ¡No hay manera de salir de aquí!

Oían los resoplidos de la bruja, su respiración anhelante al imaginarse una comida suculenta. De las ventanas de su nariz salía una humareda blanca y caliente que se colaba por las dos aberturas que antes estaban cubiertas por cristales, que se habían hecho añicos. Los jóvenes, invadidos por aquella espesa neblina y despeinados por las rachas de viento, chillaban, lloraban y algunos rezaban, convencidos de que iban a desaparecer de la faz de la tierra de manera inminente.

–¿*Quién nos salvará? ¡Nadie sabe dónde estamos!*

–*¡Somos demasiado jóvenes! ¡No podemos luchar contra la fuerza de este monstruo que quiere devorarnos!*

Pero Abdullah, que era un chico razonable y prudente, anunció a gritos que esa era precisamente su fuerza: eran jóvenes, estaban juntos y tenían toda la vida por delante. Argumentó que estaban deseando volver a casa, a Hohlakoura, retomar su vida y tratar de hacer realidad sus sueños. El monstruo era grande, desde luego, pero estaba cascado por el paso del tiempo, era pesado y debía de estar cansado y hambriento. No podía luchar contra el futuro que ellos tenían.

–¿*Y qué propones que hagamos, Abdullah?* –le preguntó Sadira.

–*¡Tenemos que transformarnos en unos monstruos horribles como él! ¡Tenemos que exponernos como si fuéramos un espejo donde se vea reflejado!*

–¿*Y eso cómo se hace?* –preguntó Castaña gritando.

–*¡Desvistámonos! ¡Quedémonos en ropa interior! ¡Embadurnémonos la cara, el pelo y el cuerpo con los pasteles, las mermeladas y el chocolate a la taza que hay encima de la mesa! ¡Untémonos de pies a cabeza, cubrámonos hasta el último rincón de la piel, hasta que no puedan reconocernos ni nuestras madres!*

Lo hicieron deprisa y corriendo, tropezando los unos con los otros. Metieron las manos en los pasteles sin miramientos y se embadurnaron con mantequilla, crema y nata, y después se pintarrajearon con el chocolate a la taza, que sacaban de los cuencos para vertérselo encima, y se rebozaron el cuerpo con otras golosinas, almendra molida, azúcar glas y bombones de chocolate negro. A pesar de los nervios y de la angustia, no podían evitar reírse los unos de los otros mientras convertían sus cuerpos *en unas masas informes de las que solo sobresalían los ojos y las extremidades.*

–Ahora nos acercaremos a los ventanales y nos obligaremos a mirarlo de hito en hito, por mucho terror que nos cause. Debemos ser valientes y aguantarle la mirada. ¡Debemos provocarle el mismo escalofrío que nos provoca a nosotros!

Dispuestos de lado, temblando como hojas y castañeteando los dientes, los amigos, disfrazados de pies a cabeza, se encararon a los ojos de la bestia. Se dieron cuenta de que, efectivamente, aquel ser gigantesco había arrancado la mansión del lugar donde estaba emplazada y la había puesto en la palma de su mano sarmentosa.

Acto seguido, se acercó la casa a los ojos, que eran grandes como globos aerostáticos, blanquecinos y recubiertos de un velo pegajoso que le chorreaba por las mejillas.

–¡No entiende qué es lo que está pasando! ¡Se hace cruces de lo que ve!

El monstruo acercó tanto los ojos a los ventanales que, si los chicos hubieran alargado el brazo, los podrían haber tocado. Después emitió un sonido gutural como un trueno y desde abajo, desde donde deberían abrírsele las ventanas de la nariz, subió una humareda negra y pestilente. A continuación, se apartó la casa de los ojos y, de manera algo precipitada, bajó la mano hasta el suelo y dejó allí la mansión y a quienes la ocupaban. Sin dejar de gritar o de gemir de aquel modo tan terrible, dio media vuelta y echó a andar en dirección al bosque. A cada paso suyo, el suelo temblaba como si fuera una réplica del terremoto original. Por fin, el monstruo desapareció entre los árboles y, poco después, oyeron cómo se iba apagando el sonido aberrante de sus gritos.

Los chicos salieron de la casa. A su alrededor, todo había quedado devastado por la presencia de la bestia: ya no había jardines ni esculturas. Sin embargo, ellos estaban sanos y salvos.

–¿Qué le ha pasado? –preguntó Castaña–. ¿De verdad lo hemos asustado?

–Quizá la bruja se haya asustado de sí misma. Quizá haya pensado que su propia mirada había corrompido lo que veía.

–¿Y nosotros? –preguntó Landro–. ¿Qué nos ha pasado a nosotros? ¿De verdad hemos vivido esta terrible experiencia? ¡Aquí nunca ha habido un palacio!

–Yo estoy de acuerdo con Abdullah –dijo Mila–. Nuestra propia mirada ha hecho que viéramos lo que queríamos ver: primero un paraíso y después un infierno. Teníamos miedo de la bruja y por eso hemos visto una princesa. Después hemos dudado de la princesa y ha aparecido una bruja malvada y cruel.

–Pero ¡era real! –la contradijo Castaña–. ¡Yo he visto un monstruo espeluznante!

–¡Y yo te estoy mirando a ti y estoy viendo otro! –dijo Abdullah, riéndose y señalando con el dedo la figura informe en la que se había convertido su amigo.

Y, colorín, colorado, este cuento se ha acabado.

Índice

1. ABDULLAH 15

2. LA DOCTORA FARUKA 68
KARIM 73
OMAR 86
SADIRA 92
SAFYEH 99

3. MILA 109

Àngel Burgas (Figueres, 1965)

Escribe para jóvenes y adultos. Sus ficciones para jóvenes a menudo tratan temas sociales (*Pequeñas historias del globo, Kalimán en Jericó, Lucky*) y también ha publicado thrillers (*Noel te busca, La mirada indiscreta, Barcelona Escape Room*) y novelas de humor (*El Anticlub, El club de la canasta, Kamal y los alfabetistas*). Ha recibido premios tan prestigiosos como el Folch i Torres, el Joaquim Ruyra o el Protagonista Jove. Compagina la escritura con la docencia y no es la primera vez que trabaja con el ilustrador Ignasi Blanch (*Pequeñas historias del globo, Alicia y el País de las Maravillas, Mi nueva vida*). Le cuesta entender que miles de personas deban pasar largas temporadas en los campos de refugiados de la isla de Lesbos a la espera de papeles de asilo que les permitan vivir con dignidad en zonas seguras y lejos de los infiernos de los que han tenido que huir.

Ignasi Blanch (Roquetes, 1964)

Licenciado en Bellas Artes por la Universidad de Barcelona, residió tres años en Berlín, donde todavía se puede admirar su mural *Parlo d'amor*, pintado directamente en el muro que hoy es un monumento histórico protegido. Trabaja como ilustrador para varias editoriales españolas y es profesor y coordinador del área de ilustración de la Escola de la Dona de la Diputación de Barcelona. Ha obtenido premios como el Llibreter y el Serra d'Or. Desde 2005 organiza el proyecto «Humanicemos hospitales», que se encarga de dibujar en las paredes de hospitales pediátricos y centros de salud de toda Cataluña. Ha colaborado con Àngel Burgas en algunas novelas y álbumes ilustrados, como *Vecinos o Mujercitas*, y ha publicado el libro *Liv On* con la cantante Olivia Newton-John. Su vertiente solidaria y crítica contra la injusticia lo convierte en el dibujante ideal para los cuentos orientalistas que se narran en la isla de Lesbos y que representan un refugio necesario para todos los menores obligados a vivir allí.

Bambú Exit

Ana y la Sibila
Antonio Sánchez-Escalonilla

El libro azul
Lluís Prats

La canción de Shao Li
Marisol Ortiz de Zárate

La tuneladora
Fernando Lalana

El asunto Galindo
Fernando Lalana

El último muerto
Fernando Lalana

Amsterdam Solitaire
Fernando Lalana

Tigre, tigre
Lynne Reid Banks

Un día de trigo
Anna Cabeza

Cantan los gallos
Marisol Ortiz de Zárate

Ciudad de huérfanos
Avi

13 perros
Fernando Lalana

Nunca más
Fernando Lalana
José M.ª Almárcegui

No es invisible
Marcus Sedgwick

*Las aventuras de
George Macallan.
Una bala perdida*
Fernando Lalana

Big Game (Caza mayor)
Dan Smith

*Las aventuras de
George Macallan.
Kansas City*
Fernando Lalana

La artillería de Mr. Smith
Damián Montes

El matarife
Fernando Lalana

El hermano del tiempo
Miguel Sandín

El árbol de las mentiras
Frances Hardinge

Escartín en Lima
Fernando Lalana

Chatarra
Pádraig Kenny

La canción del cuco
Frances Hardinge

Atrapado en mi burbuja
Stewart Foster

El silencio de la rana
Miguel Sandín

13 perros y medio
Fernando Lalana

La guerra de los botones
Avi

Synchronicity
Víctor Panicello

*La luz de las
profundidades*
Frances Hardinge

Los del medio
Kirsty Appelbaum

La última grulla de papel
Kerry Drewery

Lo que el río lleva
Víctor Panicello

Disidentes
Rosa Huertas

El chico del periódico
Vince Vawter

Ohio
Àngel Burgas

*Theodosia y las
Serpientes del Caos*
R. L. LaFevers

*La flor perdida
del chamán de K*
Davide Morosinotto

*Theodosia y el
báculo de Osiris*
R. L. LaFevers

Julia y el tiburón
Kiran Millwood Hargrave
Tom de Freston

*Mientras crezcan
los limoneros*
Zoulfa Katouh

Tras la pista del ruiseñor
Sarah Ann Juckes

*El destramador
de maldiciones*
Frances Hardinge

*Theodosia y los
Ojos de Horus*
R. L. LaFevers

Ánima negra
Elisenda Roca

Disidente y perseguido
Joe F. Daniels

El gran viaje
Víctor Panicello

Los cuentos de Lesbos
Àngel Burgas

Un detective improbable
Fernando Lalana